TRANZLATY

La langue est pour tout le monde

Мова для всіх

Les Aventures d'Alice au Pays des Merveilles

Пригоди Аліси в Країні Чудес

Lewis Carroll

Льюїс Керролл

Français / Українська

Dans le Terrier du Lapin
У кролячу нору

Alice commençait à être très fatiguée

Аліса почала дуже втомлюватися

Elle était assise à côté de sa sœur sur le talus d'herbe

Вона сиділа біля сестри на трав'яному березі

Mais elle n'avait rien à faire

Але їй не було чого робити

Sa sœur lisait un livre

Її сестра читала книжку

une ou deux fois, Alice jeta un coup d'œil dans le livre

раз чи два Аліса заглядала в книжку

Mais le livre ne contenait ni images ni conversations

Але в книзі не було ні картинок, ні розмов

« À quoi sert un livre sans images ? » pensa Alice

«Яка користь від книжки без картин?» — подумала Аліса

« Pourquoi un livre n'aurait-il pas de conversations ? »

— Чому в книзі немає розмов?
Mais elle avait d'autres choses à considérer
Але в неї були інші речі, які треба було врахувати
« Faire une chaîne de marguerites serait un plaisir »
«Зробити ланцюжок з ромашок було б одне задоволення»
« Mais cela vaut-il la peine de se lever et de cueillir les marguerites ?? »
"Але чи варто докладати зусиль, щоб встати і зібрати ромашки??"
Ce n'était pas si facile d'y penser
Про це було не так просто подумати
parce que la journée la rendait somnolente et stupide
Тому що день змушував її почуватися сонною і дурною
Mais soudain, ses pensées s'interrompirent
Але раптом її думки перервалися
un lapin blanc aux yeux roses courait près d'elle
Поруч з нею пробіг Білий Кролик з рожевими очима

Il n'y avait rien de trop remarquable chez le lapin

У кролику не було нічого надто примітного

et Alice ne trouvait pas non plus le lapin remarquable

і Аліса теж не вважала кролика нічим примітним

elle ne s'étonna pas non plus quand le Lapin parla

І її не здивувало, коли Кролик заговорив

« Oh mon Dieu ! Je serai trop tard ! se dit-il

— Ой, рідненький! Я запізнюся!» — сказав він сам до себе

mais alors le Lapin a fait quelque chose que les lapins n'ont pas fait

але потім Кролик зробив те, чого не робили кролики

le Lapin tira une montre de la poche de son gilet

Кролик вийняв з кишені жилета годинник

Il regarda l'heure puis se hâta

Він подивився на час, а потім поспішив далі

Alice se leva, stupéfaite

Аліса здивовано підвелася на ноги

Elle n'avait jamais vu un lapin avec un gilet auparavant !

Вона ніколи раніше не бачила кролика в жилеті!

elle n'avait jamais vu non plus de lapin avec une montre !

І вона ніколи не бачила кролика з годинником!

Alice brûlait d'une nouvelle curiosité

Аліса горіла новою цікавістю

et elle courut à travers le champ après le Lapin

І вона побігла по полю за Кроликом

Elle était juste à temps pour voir le lapin disparaître

Вона якраз встигла побачити, як кролик зник

Le lapin sauta dans un grand terrier de lapin

Кролик стрибнув у велику кролячу нору

Un instant plus tard, Alice s'est mise à courir après le lapin !

Ще мить — і Аліса пішла за кроликом!

Le terrier du lapin continuait tout droit comme un tunnel

Кроляча нора йшла навпростець, як тунель

Et le tunnel a continué à avancer sur une certaine distance

І тунель продовжував йти на деяку відстань

Et puis le chemin s'est soudainement incliné

І тут стежка раптом опустилася вниз

Alice n'eut pas un instant pour songer à s'arrêter
Аліса ні хвилини не думала про те, щоб зупинити себе
Elle s'est retrouvée à tomber et à tomber
Вона помітила, що падає вниз і вниз
Il semblait qu'elle était tombée dans un puits très profond
Здавалося, ніби вона впала в дуже глибокий колодязь
Ou le puits était très profond, ou bien elle tombait très lentement
Або колодязь був дуже глибокий, або вона падала дуже повільно
parce qu'elle avait tout le temps de tomber
Тому що у неї було достатньо часу, щоб впасти
alors qu'elle tombait, elle pouvait regarder tout autour d'elle
Коли вона падала, вона могла озирнутися навколо себе
D'abord, elle a essayé de comprendre où elle allait
Спочатку вона намагалася розібрати, куди йде
mais le puits était trop sombre pour voir quoi que ce soit
Але в колодязі було надто темно, щоб щось розгледіти
Puis elle regarda les côtés du puits
Потім подивилася на стінки колодязя
Et elle remarqua qu'il y avait des placards tout autour d'elle
І вона помітила, що навколо неї стоять шафи
et tout autour du puits il y avait des étagères de livres
А навколо криниці стояли книжкові полиці
Çà et là, elle voyait des cartes et des tableaux accrochés à des piquets
То тут, то там вона бачила карти і картини, вивішені на кілочках
En passant, elle prit un bocal sur l'une des étagères
Проходячи повз, вона зняла банку з однієї з полиць
Le pot a été étiqueté pour son contenu
Баночка була промаркована за її вміст
« MARMELADE D'ORANGES »
"МАРМЕЛАД З АПЕЛЬСИНІВ"
Mais, à sa grande déception, le pot de marmelade était vide
Але, на її велике розчарування, баночка з мармеладом виявилася порожньою

Elle ne voulait pas laisser tomber le pot de marmelade vide

Вона не хотіла кидати порожню баночку з-під мармеладу

et sa chute fut très lente

І падіння її було дуже повільним

Elle a donc réussi à mettre le pot de marmelade dans l'un des placards

Так вона примудрилася поставити банку з мармеладом в одну з шаф

Tombée, descendue, tombée !

Вниз, вниз, вниз вона падає!

La chute prendrait-elle fin ?

Чи закінчиться коли-небудь падіння?

Il n'y avait rien d'autre à faire

Більше робити було нічого,

alors Alice commença bientôt à se parler à elle-même

Тож незабаром Аліса почала розмовляти сама з собою

« Je vais beaucoup manquer à Dinah ce soir, je pense ! »

"Діна буде дуже сумувати за мною сьогодні ввечері, я повинен подумати!"

Dinah était le chat d'Alice

Діна була кішкою Аліси

« J'espère qu'ils se souviendront de sa soucoupe de lait à l'heure du thé »

«Сподіваюся, вони згадають про її блюдце з молоком під час чаювання»

« Dinah, ma chère, je voudrais que tu sois ici avec moi ! »

— Діна, моя люба, я б хотіла, щоб ти була тут зі мною!

Alice sentit qu'elle s'assoupissait

Аліса відчула, що задрімає

Et puis soudain, bruit sourd ! bourrade!

А потім раптом, туп! Туп!

Elle tomba sur un tas de bâtons

Внизу вона впала на купу палиць

et elle atterrit sur un tas de feuilles sèches

І вона приземлилася на купу сухого листя

et enfin la longue chute dans le trou était terminée

І нарешті довге падіння вниз по ямі скінчилося

Alice n'était pas du tout blessée

Аліса анітрохи не постраждала

Et elle se leva d'un bond au bout d'un instant

І вона за мить схопилася

Elle leva les yeux, mais il faisait noir au-dessus de sa tête

Вона підвела очі, але над головою було все темно

Devant elle se trouvait un autre long couloir

Перед нею був ще один довгий коридор

et le Lapin Blanc était toujours en vue

а Білий Кролик все ще був на виду

Il se hâtait dans le couloir

Він поспішав коридором

Il n'y avait pas un instant à perdre

Не було жодної хвилини, щоб бути втраченою

Alice s'enfuit comme le vent

побігла Аліса, як вітер

Au coin de la rue, le lapin s'est retourné

З-за рогу повернувся кролик

Elle était juste à temps pour entendre le lapin

Вона якраз встигла, щоб почути кролика

« "Oh, mes oreilles et mes moustaches" »

"Ох вже мої вуха і вуса"

« Comme il est tard ! »

— Як пізно!

Elle était tout près derrière le lapin

Вона була тісно позаду кролика

Elle tourna au détour d'un autre coin

Вона обернулася за інший кут

mais le Lapin n'était plus visible

але Кролика вже не було видно

Elle se retrouva dans une longue salle basse

Вона опинилася в довгому низькому залі

La salle était éclairée par une rangée de plafonniers

Зал освітлювався рядом стельових світильників

Il y avait des portes tout autour de la salle

По всьому залу стояли двері

mais toutes les portes étaient fermées à clé

Але всі двері були замкнені

Elle marcha tout le long d'un côté de la salle

Вона пройшла весь шлях по одному боці коридору

et elle avait fait tout le chemin de l'autre côté de la salle

І вона пішла аж по той бік зали

Elle avait essayé toutes les portes

Вона перевірила всі двері

et elle marchait tristement au milieu de la salle

І вона сумно йшла посеред зали

« Comment vais-je jamais en sortir ? »

— Як я знову вийду?

Tout à coup, elle tomba sur une petite table

Раптом вона натрапила на маленький столик

La table était entièrement en verre massif

Стіл був повністю виготовлений з цільного скла

Il n'y avait rien sur la table à part une petite clé dorée

На столі не було нічого, крім крихітного золотого ключика

La clé pourrait appartenir à l'une des portes !
Ключ може належати одній з дверей!
Mais, hélas ! Certaines serrures étaient trop grandes pour les clés
Але, на жаль! Деякі замки були занадто великими для ключів
et pour les autres serrures, la clé était trop petite
а для інших замків ключ був замалий
mais, en tout cas, la clef n'ouvrit aucune des portes
Але, у всякому разі, ключ не відчинив жодних дверей
Mais que devait-elle faire ?
Але що їй було робити?
Elle traversa de nouveau le couloir
Вона знову пройшла через зал
et cette fois, elle remarqua un rideau bas
І цього разу вона помітила низьку завісу
Derrière le rideau se trouvait une petite porte
За завісою були маленькі дверцята
La porte avait une quinzaine de pouces de haut
двері були близько п'ятнадцяти дюймів заввишки
Elle essaya la petite clé dorée dans la serrure
Вона спробувала маленький золотий ключик у замку
Et à sa grande joie, la clé s'est glissée dans la serrure !
І на її превелику радість, ключ помістився в замок!
Alice ouvrit la porte
Аліса відчинила двері
et elle trouva la porte qui donnait sur un petit couloir
І вона побачила, що двері ведуть у маленький коридор
Le couloir n'était pas beaucoup plus grand qu'un trou à rats
Коридор був не набагато більший за щурячу нору
Elle s'agenouilla et regarda le long du couloir
Вона стала на коліна і подивилася по коридору
et elle a vu le plus beau jardin que vous ayez jamais vu
І вона побачила найпрекрасніший сад, який ви коли-небудь бачили
comme elle avait envie de sortir de cette salle sombre
Як вона прагнула вибратися з тієї темної зали

comme elle voulait se promener parmi ces fleurs lumineuses

Як їй хотілося блукати серед тих яскравих квітів

Comme ces fontaines avaient l'air cool et rafraîchissantes

Як круто освіжаюче виглядали ті фонтани

Mais elle ne pouvait même pas passer la tête par la porte

Але вона навіть не могла просунути голову в дверний проріз

— Oh ! dit Alice d'un ton lugubre

- О, - сумно сказала Аліса

comme je voudrais pouvoir me plier comme un télescope !

— Як би мені хотілося скластися, як підзорна труба!

« Je pense que je pourrais me plier comme un télescope »

"Я думаю, я міг би склатися, як підзорна труба"

« Si seulement je savais par où commencer »

"Якби я тільки знала, з чого почати"

Alice retourna à la table

Аліса повернулася до столу

Il y avait la chance de trouver une autre clé

Був шанс знайти інший ключ

Ou il pourrait y avoir un livre de règles

Або може бути книга правил

Le livre pourrait lui apprendre à se plier comme un télescope

Книга могла б розповісти їй, як складатися, як підзорна труба

Cette fois, elle trouva une petite bouteille

Цього разу вона знайшла маленьку пляшечку

« cette bouteille n'était certainement pas là auparavant, » dit Alice

— Цієї пляшки тут уже точно не було, — сказала Аліса

et autour du goulot de la bouteille était attachée une étiquette en papier

А на шийці пляшки зав'язана паперова етикетка

L'étiquette était magnifiquement imprimée en grandes lettres

Етикетка була красиво надрукована великими літерами

« BOIS-MOI »

"ПИЙ МЕНЕ"

« Non, je vais regarder d'abord », a-t-elle dit
— Ні, я спочатку подивлюся, — сказала вона
« Je vais voir si la bouteille est marquée comme toxique ou non, »
«Я подивлюся, чи позначена пляшка як отруйна чи ні»,
Parce qu'elle n'a jamais oublié la leçon sur le poison
Тому що вона ніколи не забувала урок про отруту
« Si une bouteille est étiquetée comme toxique, elle est forcément en désaccord avec vous »
«Якщо на пляшці є позначка «Отруйна», вона обов'язково з вами не погодиться»
Cependant, cette bouteille n'a pas été marquée comme toxique
Однак ця пляшка не була позначена як отруйна
alors Alice se hasarda à goûter le contenu de la bouteille
Тож Аліса наважилася спробувати вміст пляшки
Elle trouva le liquide tout à fait à son goût
Рідина їй цілком припала до душі
La boisson avait une sorte de saveur mélangée
Напій мав своєрідний змішаний смак
tarte aux cerises, crème pâtissière et ananas
вишневий пиріг, заварний крем і ананас
Rôtir la dinde, le caramel et le pain grillé au beurre chaud
Запечіть індичку, іриски та тости з гарячим вершковим маслом
et elle finit bientôt la bouteille
І незабаром вона допила пляшку
« Quelle curieuse sensation ! » dit Alice
— Яке цікаве відчуття, — сказала Аліса
« Je me plie comme un télescope ! »
— Я складаюся, як підзорна труба!
Et elle se repliait comme un télescope !
І вона справді складалася, як підзорна труба!
Elle n'avait plus que dix pouces de haut
Тепер вона була лише десять дюймів заввишки
et son visage s'éclaira à ses pensées
І обличчя її посвітлішало від думок

Maintenant, elle était de la bonne taille pour la petite porte

Тепер вона була відповідного розміру для маленьких дверей

Maintenant, elle pouvait aller dans ce joli jardin

Тепер вона могла піти в той чудовий сад

Bientôt, elle a cessé de devenir plus petite

Незабаром вона перестала ставати менше

Elle décida d'aller tout de suite dans le jardin

Вона вирішила відразу ж піти в сад

mais, hélas pour la pauvre Alice !

але, на жаль для бідної Аліси!

Elle arriva à la porte

Вона підійшла до дверей

Mais elle avait oublié la petite clé d'or

Але вона забула про маленького золотого ключика

Elle retourna à la table pour prendre la clé

Вона повернулася до столу за ключем

Mais elle s'aperçut qu'elle ne pouvait pas atteindre assez haut

Але вона виявила, що не може піднятися досить високо

Elle pouvait voir la clé très distinctement à travers la vitre

Вона цілком виразно бачила ключ крізь скло

Elle essaya de grimper sur les pieds de la table

Вона спробувала залізти на ніжки столу

Mais le verre était beaucoup trop glissant

Але скло було занадто слизьким

Finalement, elle s'est fatiguée à essayer

Врешті-решт вона втомилася від спроб

et la pauvre petite fille s'assit et pleura

А бідна дівчинка сіла і заплакала

Alice se parlait à elle-même assez vivement

— досить різко заговорила сама до себе Аліса

« Allons, ça ne sert à rien de pleurer comme ça ! »

— Ходімо, даремно так плакати!

« Je vous conseille d'arrêter tout de suite ! »

— Раджу зупинитися саме в цю хвилину!

Elle se donnait généralement de très bons conseils

Вона взагалі давала собі дуже добрі поради
bien qu'elle suivît très rarement ses propres conseils
Хоча вона дуже рідко слідувала власним порадам
Et elle était parfois trop dure envers elle-même
І вона іноді була занадто сувора до себе
et ses paroles lui firent monter les larmes aux yeux
І її слова викликали сльози на очах
Bientôt, son regard tomba sur une petite boîte en verre
Незабаром її погляд упав на маленьку скляну коробочку
La petite boîte de verre était posée sous la table
Маленька скляна коробочка лежала під столом
Dans la boîte en verre se trouvait un tout petit gâteau
У скляній коробочці лежав дуже маленький торт
Sur le gâteau, quelques mots étaient magnifiquement écrits
На торті були красиво написані якісь слова
les mots avaient été marqués dans des groseilles
Слова були позначені на смородині
« MANGE-MOI »
"З'ЇЖ МЕНЕ"
« Eh bien, je vais manger le gâteau », dit Alice
- Ну, я з'їм торт, - сказала Аліса
« et si le gâteau me fait grossir, je peux atteindre la clé »
"І якщо торт змусить мене стати більшим, я зможу
дотягнутися до ключа"
**« et si le gâteau me fait rapetisser, je peux me glisser sous la
porte »**
"А якщо торт змусить мене стати меншим, я можу залізти
під двері"
« Donc, de toute façon, j'irai dans le jardin »
"Так що в будь-якому випадку я потраплю в сад"
« Et peu m'importe lequel des deux arrive ! »
— І мені байдуже, що з двох станеться!
Elle a mangé un peu du gâteau
Вона з'їла трохи торта
et elle se parla anxieusement à elle-même :
І вона занепокоєно сказала сама до себе:
« Dans quel sens ? Dans quel sens ?

"В який бік? В який бік?»
et elle posa la main sur sa tête
І вона тримала свою руку на голові
Elle voulait sentir de quelle façon elle grandissait
Вона хотіла відчувати, в який бік вона росте
Elle fut très surprise de découvrir ce qui s'était passé
Вона була дуже здивована, дізнавшись, що сталося
Elle était restée de la même taille !
Вона залишилася того ж розміру!
Cette fois, elle redoubla donc d'efforts
Тож цього разу вона подвоїла свої зусилля
Et bientôt, elle termina tout le gâteau
І незабаром вона доїла весь торт

La mare de larmes

Калюжа сліз

« Cela devient de plus en plus intéressant ! » s'écria Alice

«Це стає все цікавіше!» — вигукнула Аліса

Vous pouvez voir qu'elle était très surprise

Бачите, вона була дуже здивована

« Je m'ouvre comme le plus grand télescope qui ait jamais existé ! »

— Я відкриваюся, наче найбільший телескоп, який коли-небудь був!

« Au revoir, les pieds ! Oh, mes pauvres petits pieds"

— До побачення, ноги! Ох, бідні мої ніжки"

« Je me demande qui va vous mettre vos chaussures maintenant, mes chères ? »

— Цікаво, хто вам тепер взується, дорогі?

et je me demande qui mettra vos bas ?

— А цікаво, хто одягне твої панчохи?

« Je serai beaucoup trop loin »

«Я буду занадто далеко»

« Je ne pourrai plus me soucier de toi »

«Я більше не зможу турбуватися про тебе»

Juste à ce moment, sa tête heurta quelque chose

Саме в цей момент її голова вдарилася об щось

Elle avait atteint le toit de la salle

Вона дійшла до даху залу

En fait, elle mesurait maintenant plus de deux mètres

Насправді тепер вона була зростом понад два метри

et elle prit aussitôt la petite clef d'or

І вона відразу ж узялася за маленький золотий ключик

et elle se précipita vers la porte du jardin

І вона поспішила до дверей саду

Pauvre Alice ! Il n'y avait pas grand-chose qu'elle pouvait faire

Бідолашна Аліса! Вона мало що могла зробити

Elle s'allongea sur le côté

Вона лягла на один бік

et elle regarda d'un œil dans le jardin

І вона одним оком подивилася в сад
Mais s'en sortir était plus désespéré que jamais
Але достукатися було як ніколи безнадійно
Elle s'est assise et a recommencé à pleurer
Вона сіла і знову почала плакати
Elle a continué à verser des litres de larmes
Вона продовжувала лити галони сліз
Bientôt, il y eut une grande flaque tout autour d'elle
Незабаром навколо неї з'явився великий басейн
et l'eau atteignait la moitié du couloir
І вода сягала до половини коридору
Au bout d'un moment, elle entendit un petit claquement de pieds
Через деякий час вона почула легке тупотіння ніг
Elle entendit les pas venir de loin
Вона почула здалеку ноги, що долинали
et elle s'essuya vivement les yeux pour voir ce qui allait arriver
І вона поспіхом висушила очі, щоб побачити, що буде
C'était le retour du Lapin Blanc
Це був Білий Кролик, який повертався
Il était magnifiquement vêtu
Він був пишно одягнений
Il avait une paire de gants blancs dans une main
В одній руці він тримав пару білих рукавичок
et il avait un grand éventail de plumes dans l'autre main
А в другій руці у нього було велике віяло з пір'я
Il arriva en trottinant en toute hâte
Він ішов риссю у великому поспіху
et il murmura en lui-même : « Oh ! la duchesse, la duchesse !
І він пробурмотів сам до себе: "О! герцогині, герцогині!»
« Ah ! ne serait-elle pas sauvage si je l'ai fait attendre !
— Отакої! Чи не буде вона дикою, якщо я змусив її чекати!»

Quand le Lapin s'approcha d'elle, Alice prit la parole
Коли Кролик підійшов до неї, Аліса заговорила
Mais elle parlait d'une voix basse et timide
Але вона говорила низьким, боязким голосом
« Monsieur, s'il vous plaît, arrêtez ce que vous faites un instant »
", будь ласка, припиніть те, що ви робите хоча б на мить"
Le Lapin sursauta violemment
— люто здригнувся Кролик
Il laissa tomber les gants blancs et l'éventail de plumes
Він скинув білі рукавички і віяло з пір'я
et il s'enfuit dans les ténèbres aussi vite qu'il le put
І він помчав у темряву так швидко, як тільки міг
Alice ramassa l'éventail en plumes et les gants
Аліса підібрала віяло з пір'я і рукавички
Et elle n'arrêtait pas de s'éventer tout en parlant
І вона продовжувала розмахувати віялом, поки говорила
« Cher, cher ! Comme tout est étrange aujourd'hui !
"Шановний, рідненький! Як дивно все сьогодні!»

« Hier, les choses se sont passées comme d'habitude »
"Вчора все йшло як завжди"
« Étais-je le même quand je me suis levé ce matin ? »
"Чи був я таким самим, коли прокинувся сьогодні вранці?"
« Mais si je ne suis pas le même, il y a une autre question »
"Але якщо я не той, то є інше питання"
« Qui suis-je ? »
«Хто я в світі?»
« Ah, c'est le grand casse-tête ! »
— Ах, це чудова головоломка!
En disant cela, elle baissa les yeux sur ses mains
Сказавши це, вона опустила очі на свої руки
Elle portait l'un des petits gants blancs du lapin
Вона була одягнена в одну з маленьких білих рукавичок
кроликів
Elle n'avait pas remarqué qu'elle avait mis le gant en parlant
Вона не помітила, як одягла рукавичку під час розмови
« Comment ai-je pu faire cela ? » a-t-elle pensé
«Як я могла це зробити?» — подумала вона
« Je dois redevenir petit »
«Мабуть, я знову стану маленьким»
Elle se leva et s'approcha de la table pour mesurer sa taille
Вона встала і підійшла до столу, щоб виміряти свій зріст
Elle a découvert qu'elle mesurait maintenant environ un
demi-mètre
Вона виявила, що тепер її зріст становить близько
півметра
et elle rétrécissait encore rapidement
І вона все ще швидко зменшувалася
Elle découvrit rapidement quelle était la cause de ce
rétrécissement
Незабаром вона з'ясувала, в чому причина скорочення
L'éventail de plumes la rendait encore plus petite !
Віяло з пір'я знову робило її меншою!
et elle laissa tomber l'éventail de plumes à la hâte
І вона поспіхом скинула віяло з пір'я
Elle laissa tomber l'éventail de plumes juste à temps pour se

sauver

Вона скинула віяло з пір'я якраз вчасно, щоб врятуватися

Si elle s'était éventée plus longtemps, elle se serait complètement retirée

Якби вона розмахувала віялом, то зовсім відсахнулася б

« C'était une échappatoire de justesse ! » dit Alice

— Це була невелика втеча, — сказала Аліса

et elle fut bien effrayée de ce changement soudain

І вона дуже злякалася раптової зміни

mais elle était très heureuse de se trouver encore en existence

Але вона була дуже рада, що все ще існує

« Et maintenant, en route pour le jardin ! »

— А тепер до саду!

Et elle courut à toute vitesse vers la petite porte

І вона щодуху побігла назад до маленьких дверей

Mais, hélas ! La petite porte fut refermée

Але, на жаль! Маленькі двері знову зачинилися

et la petite clé d'or était de nouveau posée sur la table de verre

І маленький золотий ключик знову лежав на скляному столі

« Les choses sont pires que jamais », pensa le pauvre enfant

«Справи гірші, ніж колись», — подумала бідна дитина

« Je n'ai jamais été aussi petit que ça auparavant, jamais ! »

— Я ще ніколи не була такою маленькою, як ця, ніколи!

En prononçant ces mots, son pied glissa

Коли вона вимовляла ці слова, її нога послизнулася

et un instant plus tard, il y eut une grande éclaboussure !

А ще за мить пролунав великий сплеск!

Elle était dans l'eau salée jusqu'au menton

Вона була по підборіддя в солоній воді

Sa première idée fut qu'elle était tombée d'une manière ou d'une autre dans la mer

Її перша думка полягала в тому, що вона якимось чином впала в море

Cependant, elle s'est vite rendu compte dans quoi elle se

trouvait

Однак незабаром вона зрозуміла, в чому опинилася

Elle était dans une mare de larmes

Вона була в калюжі сліз

les larmes qu'elle avait versées quand elle avait deux mètres de haut

Сльози вона виплакала, коли була два метри на зріст

Juste à ce moment-là, elle entendit quelque chose

І тут вона щось почула

Quelque chose barbotait dans la mare

У басейні щось хлюпалося

Les éclaboussures venaient d'un peu de loin

Бризки долинали трохи здалеку

et elle nagea plus près pour voir ce que c'était que les éclaboussures

І вона підпливла ближче, щоб подивитися, що це за бризки

Elle vit bientôt que ce n'était qu'une petite souris

Незабаром вона побачила, що це лише маленьке мишеня

La petite souris s'était également glissée dans l'eau

Маленьке мишеня теж прослизнуло у воду
Alice réfléchit à la situation
Аліса задумалася над ситуацією
« Serait-il utile de parler à cette souris ? »
— Чи було б корисно розмовляти з цією мишею?
« Tout est tellement à l'envers ici »
"Тут все так догори дригом"
« Je pense que c'est très probable que cette souris peut parler »
"Я думаю, що дуже ймовірно, що ця миша вміє розмовляти"
« En tout cas, il n'y a pas de mal à essayer »
«У всякому разі, немає нічого поганого в тому, щоб спробувати»
Alors elle a commencé à essayer de parler à la souris
Тож вона почала намагатися розмовляти з мишею
« Oh Souris, sais-tu comment sortir de cette mare ? »
— Ой, Мишко, ти знаєш вихід із цієї калюжі?
« Je suis bien fatigué de nager ici, ô souris ! »
— Мені дуже набридло тут плавати, о Мишко!
La souris la regarda d'un air assez inquisiteur
Мишка досить допитливо подивилася на неї
La souris semblait cligner de l'œil avec l'un de ses petits yeux
Мишка ніби підморгнула одним зі своїх маленьких оченят
Mais la petite souris ne dit rien
Але мишеня нічого не сказало
« Peut-être la souris ne comprend-elle pas l'anglais », pensa Alice
"Можливо, мишка не розуміє англійської", - подумала Аліса
« J'ose dis-le que c'est une souris française »
"Насмілюсь сказати, що це французька миша"
« peut-être que cette souris est venue avec Guillaume le Conquérant »
"можливо, ця миша перейшла до Вільгельма Завойовника"

Alors elle a recommencé, en français

Так вона знову почала, французькою мовою

« Où est mon chat ? » a-t-elle demandé en français

«Де мій кіт?» — запитала вона французькою

c'était la première phrase de son livre de leçons de français

це було перше речення в її підручнику з французької мови

La souris fit un saut soudain hors de l'eau

Мишка різко вистрибнула з води

et la souris semblait frémir de frayeur

А миша наче здригнулася від переляку

— Oh ! je vous demande pardon ! s'écria vivement Alice

"О, прошу пробачення!" – квапливо вигукнула Аліса

Elle craignait d'avoir blessé les sentiments du pauvre animal

Вона боялася, що зачепила почуття бідолашної тварини

« J'oubliais que tu n'aimais pas les chats »

"Я зовсім забула, що ти не любиш котів"

« Je n'aime pas les chats ! » cria la Souris d'une voix aiguë et passionnée

«Я не люблю кішок!» — вигукнула Мишка пронизливим, пристрасним голосом

« Voudrais-tu des chats, si tu étais moi ? »

— Чи хотіли б ти котів, якби був на моєму місці?

Alice réconforta la souris d'un ton apaisant

Аліса заспокоїла мишеня заспокійливим тоном

« Eh bien, peut-être que je n'aimerais pas non plus les chats si j'étais vous »

"Ну, можливо, я б і на вашому місці не любив котів"

« S'il vous plaît, ne soyez pas en colère à propos de la mention des chats »

"Будь ласка, не сердьтеся через згадку про котів"

« Et pourtant, j'aimerais pouvoir te montrer notre chat Dinah »

"І все ж таки я хотів би показати тобі нашу кішку Діну"

« Si vous la rencontriez, je pense que vous prendriez goût aux chats »

"Якби ви зустріли її, я думаю, вам би сподобалися кішки"

« Si seulement vous pouviez la voir »

"Якби ти тільки міг її побачити"
« Elle est une chose si chère et si calme »
"Вона така рідна, тиха штука"
La souris tremblait de partout
Миша вся тряслася
Alice était certaine que la souris devait être vraiment offensée
Аліса була впевнена, що мишеня, мабуть, справді образилося
« On ne parlera plus d'elle, si tu préfères ne pas le faire »
"Ми більше не будемо про неї говорити, якщо ви не хочете"
« Nous, en effet ! » s'écria la Souris
— Справді, ми! — вигукнула Мишка
La souris tremblait jusqu'au bout de sa queue
Миша тремтіла до кінця хвоста
« Comme si je voulais parler d'un tel sujet ! »
— Наче я говорив на таку тему!
« Notre famille a toujours détesté les chats »
«Наша сім'я завжди ненавиділа кішок»
"Les chats ; des choses méchantes, basses, vulgaires !
"кішки; гидкі, низькі, вульгарні речі!»
« Ne me laissez plus entendre le nom ! »
— Не дай мені більше почути це ім'я!
— Je ne parlerai plus des chats, en effet, dit Alice
— Я більше не буду згадувати про котів, — сказала Аліса
Elle était très pressée de changer de sujet
Вона дуже поспішала змінити тему
"Êtes-vous... Aimez-vous les chiens ?
— А ти... Ти захоплюєшся собаками?
« Il y a un petit chien si gentil près de notre maison, »
«Біля нашого будинку живе така мила собачка»,
« Je voudrais te montrer le petit chien ! »
— Я хотів би показати тобі маленького песика!
"Ce petit chien tue tous les rats et...
"Ця маленька собачка вбиває всіх щурів і...
« Oh ! mon Dieu ! » s'écria Alice d'un ton triste

- Ой, дорогенька, - скрикнула Аліса скорботним тоном

« J'ai peur de t'avoir encore offensé ! »

— Боюся, що я знову образив тебе!

La souris nageait loin d'elle aussi vite qu'elle le pouvait

Миша пливла від неї так швидко, як тільки могла

et la souris fit tout un vacarme dans la mare

А миша наробила неабиякого переполоху в басейні

Alors elle appela doucement la souris

І вона тихо гукнула за мишеням

« Ma chère souris, s'il vous plaît, revenez ! »

— Люба моя мишко, повернись, будь ласка!

« Et nous ne parlerons pas des chats »

"А про котів говорити не будемо"

« Et nous n'avons pas non plus besoin de parler des chiens »

"І про собак говорити теж не доводиться"

Quand la souris entendit cela, elle se retourna

Почувши це, мишка обернулася

et la petite souris nagea lentement vers elle

І маленьке мишеня повільно попливло до неї

Le visage de la souris était assez pâle

Мордочка миші була досить блідою

et la souris parla d'une voix basse et tremblante

І мишеня заговорило низьким, тремтячим голосом

« Allons à la rive »

"Доберімося до берега"

« et ensuite je vous raconterai mon histoire »

"А потім я розповім вам свою історію"

« et vous comprendrez pourquoi c'est moi qui déteste les chats et les chiens »

"І ви зрозумієте, чому це я ненавиджу кішок і собак"

Il était grand temps de partir

Настав час іти

parce que la piscine devenait assez bondée

Тому що басейн ставав досить переповненим

D'autres oiseaux et animaux étaient tombés dans la mare

Інші птахи і звірі впали в басейн

il y avait un Canard et un Dodo

були Качка і Додо
et il y avait un oiseau Lory et un aiglon
І були там птах Лорі та Орлятко
et il y avait plusieurs autres créatures intéressantes
І було ще кілька цікавих на вигляд істот
Alice a ouvert la voie à la sortie de la piscine
Аліса повела вихід з басейну
et toute la troupe des animaux nagea jusqu'au rivage
І весь загін звірів поплив до берега

C'était en effet une bande d'animaux à l'allure amusante
Вони дійсно були кумедною на вигляд зграєю тварин
et ils se rassemblèrent tous sur le bord de l'eau
І всі вони зібралися на березі води
Les oiseaux avaient tous des plumes débraillées
У всіх птахів було пошарпане пір'я
et les animaux à fourrure étaient trempés
І пухнасті звірята промокли наскрізь
et tous étaient trempés, agacés et mal à l'aise
І всі були мокрі, роздратовані і незатишні

Il y avait une question à laquelle il fallait répondre en premier
Було одне питання, на яке потрібно було відповісти в першу чергу
Quelle est la meilleure façon pour tout le monde de se sécher ?
Який найкращий спосіб для всіх висохнути?
Ils ont tenu une consultation à ce sujet
Вони провели консультацію з цього приводу
Bientôt, ils furent tous en bons termes
Незабаром вони всі були на знайомих умовах
C'était comme si elle les avait connus toute sa vie
Вона ніби знала їх усе своє життя

La souris semblait être une personne d'une certaine autorité
Миша здавалася людиною якогось авторитету
« Asseyez-vous, vous tous, et écoutez-moi !
— Сідайте всі, і послухайте мене!
« Je vais bientôt vous faire sécher à nouveau ! »
— Я скоро вас усіх знову висушу!
Ils s'assirent tous en même temps, dans un grand cercle
Вони всі сіли відразу, у велике кільце
et la petite souris s'assit au milieu
А мишеня сиділо посередині
« Hum ! » dit la souris d'un air important
— Гм, — сказала миша з важливим виглядом
« Êtes-vous tous prêts ? »
— Ви всі готові?
« C'est la chose la plus sèche que je connaisse »
"Це найсухіше, що я знаю"
« Silence tout autour, s'il vous plaît ! »
— Тиша навколо, якщо хочете!
« Guillaume le Conquérant était favorisé par le pape »
«Вільгельм Завойовник користувався прихильністю папи римського»
« mais il fut bientôt soumis par les Anglais »
"але незабаром йому підкорилися англійці"
« Ils voulaient des leaders ces derniers temps »
«Вони хотіли лідерів останнім часом»
« et ils avaient été habitués au pouvoir et à la conquête »
«І вони звикли до влади та завоювань»
« Edwin et Morcar, les comtes de Mercie et de Northumbrie »
«Едвін і Моркар, графи Мерсія і Нортумбрія»
« Pouah ! » dit l'oiseau lori, avec un frisson
«Тьху!» — сказала пташка лорі, здригнувшись
« et même Stigand, l'archevêque patriote de Cantorbéry »
"і навіть Стіганд, патріотичний архієпископ Кентерберійський"
« Il l'a également trouvé opportun »
"Він також вважав це за доцільне"

« Qu'a-t-il trouvé à propos ? » dit le canard

«Що він вважав за потрібне?» — сказала качка

— Il l'a trouvé opportun, répondit la souris d'un ton un peu contrarié

— Він вважав це за доцільне, — досить перехресно відповіла миша

Mais le canard n'était pas satisfait

Але качка залишилася незадоволеною

« Bien sûr, vous savez ce que 'it' signifie »

"Звичайно, ви знаєте, що означає "це"

« Je sais ce que c'est quand je trouve quelque chose », dit le canard

— Я знаю, що таке "воно", коли я знаходжу річ, — сказала качка

« C'est généralement une grenouille ou un ver »

"Це взагалі жаба або черв'як"

« La question est de savoir ce que l'archevêque a trouvé ?

«Питання в тому, що знайшов архієпископ?»

La souris n'a pas remarqué cette question

Мишка цього питання не помітила

Au lieu de cela, la souris continua précipitamment son discours

Замість цього мишеня квапливо продовжило промову

« il a jugé opportun d'aller avec Edgar Atheling »

"він вважав за доцільне піти з Едгаром Ателінгом"

« pour rencontrer Guillaume et lui offrir la couronne »

"зустрітися з Вільямом і запропонувати йому корону"

la souris continua, se tournant vers Alice pendant qu'elle parlait

— вела далі мишка, повертаючись до Аліси, коли та говорила

« Comment allez-vous maintenant, ma chère ? »

— Як ти тепер живеш, мій любий?

- Aussi mouillée que jamais, dit Alice d'un ton mélancolique

— Мокра, як завжди, — сказала Аліса меланхолійним тоном

« Cette histoire n'a pas l'air de me tarir du tout »
"Ця історія, здається, мене зовсім не сушить"
— Dans ce cas, dit solennellement le dodo en se levant
— У такому разі, — урочисто сказав додо, підводячись на
ноги
« Je vote pour l'ajournement de la séance »
"Я голосую за те, щоб засідання було перенесено"
« et je propose l'adoption immédiate de remèdes plus
énergiques »
"і я пропоную негайно прийняти більш енергійні засоби"
« Dis des paroles vraies ! » dit l'aiglon
«Говори правдиві слова!» — сказав орлятко
« Je ne connais pas le sens de la moitié de ces longs mots »
"Я не знаю значення половини цих довгих слів"
et, qui plus est, je ne crois pas que vous le sachiez non plus !
— І, до того ж, я не вірю, що ти теж знаєш!
— Ce que j'allais dire, dit le dodo d'un ton offensé
— Що я збирався сказати, — сказав додо ображеним
тоном
« La meilleure chose à faire pour nous sécher serait une
course au caucus »
«Найкраще, що могло б висушити нас, — це перегони на
кокусі»
« Qu'est-ce qu'une course de caucus ? » demanda Alice
"Що таке кокус-раса?" - сказала Аліса

« Eh bien, » dit le dodo, « la meilleure façon de l'expliquer, c'est de le faire »

— Що ж, — сказав додо, — найкращий спосіб пояснити це — зробити це.

« D'abord, le dodo a tracé un parcours »

«Спочатку додо розмітив іподром»

« La piste était dans une sorte de cercle »

"Траса була якимось колом"

« Et puis tout le groupe a été placé le long du parcours »

"А потім всю партію розставили вздовж курсу"

Il n'y avait pas de « Un, deux, trois et c'est parti ! »

Не було «Раз, два, три і геть!».

Mais ils ont commencé à courir quand ils voulaient

Але вони почали бігти, коли їм подобалося

et ils finissaient aussi quand ils le voulaient

І теж доводили до кінця, коли їм подобалося

Il n'était donc pas facile de savoir quand la course était terminée

Тому було нелегко зрозуміти, коли гонка закінчилася

Après environ une demi-heure de course, ils étaient tous assez secs

Приблизно через півгодини бігу вони всі були досить сухими

le dodo s'écria soudain : « La course est finie ! »

Додо раптом вигукнув: «Гонку закінчено!»

Et ils se pressèrent tous autour du Dodo

І всі вони юрмилися навколо додо

Tous les animaux haletaient et soufflaient

Всі тварини задихалися і пихкали

et tous voulaient savoir : « Mais qui a gagné ? »

І всі вони хотіли знати: "А хто переміг?"

Le dodo ne pouvait pas répondre immédiatement à cette question

На це питання додо не відразу зміг відповісти

D'abord, il a dû beaucoup réfléchir

Спочатку йому довелося багато подумати

Après mûre réflexion, le dodo finit par parler

Після довгих роздумів Додо нарешті заговорив
« Tout le monde a gagné, et tous doivent avoir des prix »
«Всі перемогли, і всі повинні мати призи»
« Mais qui doit donner les prix ? » demanda un chœur de voix
«Але хто має давати призи?» — запитав хор голосів
— Eh bien, elle, bien sûr, dit le dodo
— Ну, вона, звичайно, — сказав додо
et le dodo pointa d'un doigt vers Alice
і додо показав одним пальцем на Алісу
et toute la troupe des animaux se pressait autour d'elle
І вся ватага звірів юрмилася навколо неї
ils ont crié, d'une manière confuse : « Des prix ! Des prix !
вони розгублено вигукнули: "Призи! Призи!»
Alice n'avait aucune idée de ce qu'elle devait faire
Аліса й гадки не мала, що робити
Désespérée, elle mit la main dans sa poche
У розпачі вона засунула руку в кишеню
Et elle en sortit une boîte de bonbons
І вона витягла коробку з цукерками
Heureusement, l'eau salée n'était pas entrée dans la boîte
На щастя, солона вода не потрапила в ящик
et elle a distribué les bonbons comme prix
І вона роздала цукерки як призи
Il y avait exactement une pièce pour tout le monde
На всіх вистачало рівно одного шматка
La prochaine chose qu'ils devaient faire était de manger les bonbons
Наступне, що вони повинні були зробити, це з'їсти солодощі
Cela a causé du bruit et de la confusion
Це викликало певний шум і плутанину
Les grands oiseaux se plaignaient de ne pas pouvoir goûter leurs bonbons
Великі птахи скаржилися, що не можуть скуштувати їхніх солодощів
Les petits s'étouffaient et devaient être tapotés dans le dos

Маленькі задихалися, і їх доводилося поплескувати по
спині
Cependant, c'était enfin fini
Однак нарешті все скінчилося
Et ils se rassirent en cercle
І вони знову сіли в кільце
**et ils supplièrent la souris de leur dire quelque chose de
plus**
І вони благали мишу розповісти їм ще щось
**— Vous m'avez promis de me raconter votre histoire, vous
savez, dit Alice**
— Ти обіцяла розповісти мені свою історію, знаєш, —
сказала Аліса
et elle fit une autre petite remarque sur les chats à voix basse
І вона пошепки зробила ще одне маленьке зауваження
про котів
Elle ne voulait pas offenser à nouveau la souris
Вона не хотіла зайвий раз образити мишку
la petite souris se tourna vers Alice et soupira
мишеня обернулося до Аліси і зітхнуло
« Ma conte est long et triste ! »
«Моя – довга і сумна казка!»
— C'est une longue queue, certainement, dit Alice
— Звичайно, це довгий хвіст, — сказала Аліса
**et elle baissa les yeux avec étonnement sur la queue de la
souris**
І вона з подивом подивилася вниз на мишачий хвіст
« Mais pourquoi appelez-vous cela une queue triste ? »
— Але чому ти називаєш його сумним хвостом?
**Et elle n'arrêtait pas de s'interroger à ce sujet pendant que la
souris parlait**
І вона весь час ламала голову над цим, поки миша
говорила
**de sorte que son idée de l'histoire était quelque chose
comme ceci**
Щоб її уявлення про казку було приблизно таким

        "Fury said to
          a mouse, That
              he met in the
                  house, 'Let
                      us both go
                      to law: *I*
                      will prosecute
                      you.—
                          Come, I'll
                      take no denial:
                  We must have
              the trial;
            For really
          this morning
        I've
        nothing
        to do.'
            Said the
                mouse to
                    the cur,
                    'Such a
                      trial, dear
                        sir, With
                            no jury
                              or judge,
                                would
                              be wasting
                            our
                        breath.'
                      'I'll be
                    judge,
                  I'll be
                jury,'
            said
            cunning
              old
                Fury;
                'I'll
                  try
                    the
                      whole
                        cause,
                        and
                      condemn
                    you to
            death.'"

Fury dit à une souris : Qu'il s'est rencontré dans la maison.

Ф'юрі сказав миші, Що він зустрівся в будинку"

Allons tous les deux en justice, je vous poursuivrai

Ходімо обоє до суду: я буду вас переслідувати

Allons, je n'accepterai aucun démenti : il faut que nous fassions l'épreuve

Ходімо, я не буду заперечувати: ми повинні мати суд

Car vraiment ce matin je n'ai rien à faire

Бо справді сьогодні вранці мені нема чого робити

Dit la souris au maudit ;

— сказала мишка до курки;

Un tel procès, cher monsieur, sans jury ni juge, nous ferait

perdre notre souffle
Такий судовий процес, шановний пане, без присяжних і судді, марнував би наш подих
« Je serai juge, je serai jury », dit le vieux rusé Fury
— Я буду суддею, я буду присяжним, — сказав хитрий старий Ф'юрі
Je vais juger toute la cause, et je vous condamnerai à mort
Я спробую всю справу і засуджу тебе на смерть
la souris parla sévèrement à Alice
мишеня суворо заговорило до Аліси
« Tu ne fais pas attention ! »
— Ти не звертаєш уваги!
« À quoi pensez-vous ? »
— Про що ти думаєш?
— Je vous demande pardon, dit Alice très humblement
- Прошу вибачення, - дуже скромно сказала Аліса
« Tu étais arrivé au cinquième virage, je crois ? »
— Ти дійшов до п'ятого повороту, здається?
« Vous m'insultez en disant de telles bêtises ! »
— Ти ображаєш мене, говорячи такі дурниці!
Et la souris se leva et s'éloigna
А мишка підвелася і пішла геть
Alice appela la petite souris
— гукнула Аліса вслід мишеняті
« S'il vous plaît, revenez et terminez votre histoire ! »
«Будь ласка, поверніться і закінчіть свою розповідь!»
Et les autres se joignirent tous en chœur
А решта всі приєдналися хором
« Oui, s'il vous plaît, terminez votre histoire ! »
— Так, будь ласка, докінчіть свою розповідь!
Mais la souris se contenta de secouer la tête avec impatience
Але миша тільки нетерпляче похитала головою
et la petite souris marchait un peu plus vite
І мишеня пішло трохи швидше
« Je voudrais bien avoir Dinah, notre chat, ici ! » dit Alice
– От би мені тут була Діна, наша кішка, – сказала Аліса
Cela provoqua une sensation remarquable parmi le parti

Це викликало неабиякий фурор у партії
Quelques-uns des oiseaux se hâtèrent de s'éloigner
Дехто з птахів одразу ж поквапився
et un canari appela d'une voix tremblante ses enfants ;
І канарейка тремтячим голосом гукнула до своїх дітей;
« Allez-vous-en, mes chères ! »
— Ідіть геть, мої дорогі!
« Il est grand temps que vous soyez tous au lit ! »
«Давно пора вам усім лягти в ліжко!»
Avec diverses excuses, ils sont tous partis
З різними приводами вони всі пішли геть
et Alice se retrouva bientôt seule
і Аліса скоро залишилася сама
« J'aurais aimé ne pas avoir mentionné Dinah ! »
— Краще б я не згадав про Діну!
« Personne n'a l'air de l'aimer ici »
"Здається, вона тут нікому не подобається"
« Mais je suis sûr que c'est la meilleure chatte du monde ! »
— Але я впевнений, що вона найкраща кішка у світі!
La pauvre Alice se remit à pleurer
Бідолашна Аліса знову почала плакати
parce qu'elle se sentait très seule et déprimée
Тому що вона відчувала себе дуже самотньою і пригніченою
Au bout de peu de temps, cependant, elle entendit de nouveau quelque chose
Але через деякий час вона знову щось почула
un petit bruit de pas au loin
Ледь чутний стукіт кроків вдалині
et elle leva les yeux avec impatience
І вона нетерпляче підвела очі

Le lapin envoie le petit M. Bill
Кролик посилає маленького містера Білла

C'était le lapin blanc, qui revenait lentement au trot
Це був білий кролик, який повільно поплентався назад
Il regardait anxieusement autour de lui en chemin
Він занепокоєно озирався на всі боки
Il avait l'air d'avoir perdu quelque chose
Він виглядав так, ніби щось загубив
Alice l'entendit marmonner pour lui-même
Аліса почула, як він бурмотів сам до себе
— La duchesse ! La Duchesse ! Oh, mes chères pattes !
— Герцогиня! Герцогиня! Ох, мої любі лапки!
« Oh, ma fourrure et mes moustaches ! »
— Ох вже моє хутро та вуса!
« Elle va me faire exécuter, j'en suis sûr »
"Вона мене стратить, я в цьому впевнений"
« Aussi sûr que les furets sont des furets ! »
— Так само, як тхори — тхори!
« Où ai-je pu laisser tomber mes affaires, je me demande ? »
— А куди я міг упустити свої речі, цікаво?
Alice devina en un instant ce qu'il cherchait
Аліса за мить здогадалася, що він шукає
Il cherchait l'éventail de plumes

Він шукав віяло з пір'я

et il cherchait la paire de gants blancs

І він шукав пару білих рукавичок

Elle se mit donc très gentiment à chercher les gants

Тож вона дуже добродушно почала шукати рукавички

Et elle chercha aussi l'éventail de plumes

І вона теж шукала віяло з пір'я

Mais les gants et l'éventail de plumes étaient introuvables

А ось рукавичок і віяла з пір'я ніде не було видно

Tout semblait avoir changé depuis sa baignade dans la piscine

Здавалося, все змінилося з тих пір, як вона плавала в басейні

Rien n'était pareil depuis qu'elle était dans la grande salle

Ніщо не було таким, як раніше, відколи вона була у Великій залі

et la table de verre avait disparu

І скляний стіл зник

Et la petite porte n'était pas là non plus

І маленької дверцята там теж не було

Très vite, le lapin remarqua Alice

Дуже скоро кролик помітив Алісу

Il l'appela d'un ton furieux

— гукнув він до неї сердитим тоном

« Mary Ann, que fais-tu ici ? »

— Мері Енн, що ти тут робиш?

« Rentre chez toi à l'instant même »

"Біжи додому цієї миті"

« Et apporte-moi une paire de gants et un éventail de plumes ! »

— І принесіть мені пару рукавичок і віяло з пір'я!

« Et faites vite ! »

— І не поспішай!

Alice se parlait à elle-même en s'enfuyant

— промовила Аліса сама до себе, тікаючи

— Il a dû me prendre pour sa femme de chambre !

— Він, мабуть, прийняв мене за свою покоївку!

« Comme il sera surpris quand il découvrira qui je suis ! »
— Як же він здивується, коли дізнається, хто я!
En disant cela, elle tomba sur une petite maison soignée
Сказавши це, вона натрапила на охайний будиночок
Sur la porte de la maison se trouvait une plaque de laiton brillant
На дверях будинку була яскрава латунна пластина
« W. LAPIN »
"В. КРОЛИК"
Elle entra sans frapper à la porte
Вона зайшла, не постукавши у двері
et elle se hâta de monter l'escalier
І вона поспішила прямо нагору
elle craignait de rencontrer la vraie Mary Ann
вона переживала, що може зустріти справжню Мері Енн
parce qu'alors elle serait chassée de la maison
Бо тоді її вигнали б з дому
et elle ne pourrait pas trouver l'éventail de plumes et les gants
І вона не змогла б знайти віяло з пір'я і рукавички
Alice s'était frayé un chemin dans une petite pièce bien rangée
Аліса потрапила в охайну маленьку кімнатку
Dans la pièce, il y avait une table près de la fenêtre
У кімнаті стояв стіл біля вікна
et sur la table, il y avait un éventail de plumes
А на столі стояло віяло з пір'я
et il y avait deux ou trois paires de petits gants blancs
А там було дві-три пари крихітних білих рукавичок
Elle ramassa l'éventail en plumes et une paire de gants
Вона підібрала віяло з пір'я і пару рукавичок
et elle allait quitter la pièce
І вона саме збиралася вийти з кімнати
mais alors ses yeux tombèrent sur une petite bouteille
Але тут її погляд упав на маленьку пляшечку
Elle déboucha la bouteille et la porta à ses lèvres
Вона відкоркувала пляшку і приклала її до губ

« J'espère que cela me fera redevenir grand »

«Я дуже сподіваюся, що це змусить мене знову стати великим»

« J'en ai marre d'être une toute petite chose ! »

«Мені набридло бути такою крихітною штучкою!»

Alice avait à peine bu la moitié de la bouteille

Аліса ледве випила половину пляшки

Sa tête était déjà appuyée contre le plafond

Її голова вже притискалася до стелі

et elle dut se baisser

І вона мусила нахилитися

pour sauver son cou d'être brisé

щоб врятувати її шию від перелому

Elle posa précipitamment la bouteille

Вона похапцем поставила пляшку

« C'est bien assez »

"Цього цілком достатньо"

« J'espère que je ne grandirai plus »

"Сподіваюся, я більше не виросту"

Hélas! Il était trop tard pour souhaiter cela !

На жаль! Бажати цього було вже пізно!

Elle n'a cessé de grandir

Вона продовжувала рости і рости

et très vite elle dut s'agenouiller sur le sol

І дуже скоро їй довелося опуститися на коліна на підлогу

Et même alors, elle a continué à grandir

І навіть тоді вона продовжувала рости

Comme dernière ressource, elle passa un bras par la fenêtre

В якості останнього засобу вона висунула одну руку з вікна

et elle mit un pied dans la cheminée

І вона поставила одну ногу на комин

« Maintenant, je ne peux plus faire, quoi qu'il arrive »

«Тепер я більше нічого не можу зробити, що б не трапилося»

« Que vais-je devenir ? »

— Що зі мною станеться?

Alice a eu un peu de chance
Алісі пощастило
La petite bouteille magique avait fait son plein effet
Маленька чарівна пляшечка справила свій повний ефект
et Alice ne grandit pas plus qu'elle n'était
А Аліса виросла не більша за себе
Au bout de quelques minutes, elle entendit une voix à l'extérieur
Через кілька хвилин вона почула голос знадвору
et elle s'arrêta pour écouter la voix
І вона зупинилася, щоб послухати голос
« Mary Ann ! Mary Ann ! dit la voix
— Мері Енн! Мері Енн!» — пролунав голос
« Apporte-moi mes gants tout de suite ! »
— Принесіть мені сьогодні мої рукавички!
Puis vint un petit claquement de pieds dans l'escalier
Потім почувся невеличкий тупіт ніг по сходах
Alice savait que c'était le lapin qui venait la chercher
Аліса знала, що це кролик прийде її шукати
et elle trembla jusqu'à faire trembler la maison
І вона тремтіла, аж хату трусила
elle oublia tout à fait quelles étaient ses proportions

Вона зовсім забула, які в неї пропорції
Elle était mille fois plus grosse que le lapin
Вона була в тисячу разів більша за кролика
et elle n'avait aucune raison d'avoir peur d'un lapin
І в неї не було причин боятися кролика
Bientôt le lapin s'approcha de la porte
Раптом кролик підійшов до дверей
et le petit lapin essaya d'ouvrir la porte
І кроленя спробувало відчинити дверцята
La porte a commencé à s'ouvrir vers l'intérieur
Двері почали відчинятися всередину
mais le coude d'Alice était fortement appuyé contre la porte
але лікоть Аліси був сильно притиснутий до дверей
Cette tentative s'est avérée un échec
Ця спроба виявилася невдалою
Alice entendit le lapin se parler à lui-même
Аліса почула, як кролик заговорив сам до себе
« Ensuite, je vais faire le tour et entrer par la fenêtre »
"Тоді я обійду і зайду через вікно"
« Que tu ne le feras pas ! » pensa Alice
"Цього ти не зробиш!" — подумала Аліса
Et elle attendit encore un peu
І вона знову трохи почекала
Bientôt, elle entendit le lapin juste sous la fenêtre
Скоро вона почула кролика просто під вікном
Elle étendit soudain la main
Вона раптом простягла руку
et elle fit une prise en l'air
І вона зробила ривок у повітрі
Elle n'a rien attrapé
Вона нічого не заволоділа
mais elle entendit un petit cri et une chute
Але вона почула легкий вереск і падіння
et elle entendit un fracas de verre brisé
І вона почула гуркіт розбитого скла
Peut-être le lapin était-il tombé
Можливо, кролик упав

Peut-être était-il dans une serre
Можливо, він був у теплиці
Puis vint une voix en colère ; La voix du lapin
Потім пролунав сердитий голос; Голос кролика
« Pat, où es-tu ? »
— Пет, а де ти?
Et puis vint une voix qu'elle n'avait jamais entendue auparavant
І тут пролунав голос, якого вона ніколи раніше не чула
« Votre honneur, je suis là ! »
— Ваша честь, я тут!
« Je creuse pour trouver des pommes »
"Я копаю яблука"
« Ici ! Venez m'aider à m'en sortir !
— Ось! Прийди і допоможи мені вибратися з цього!»
« Maintenant, dis-moi, Pat, qu'est-ce qu'il y a dans la fenêtre ? »
— А тепер скажи мені, Пет, що це у вікні?
« Bien sûr, Votre Honneur, je vais vous le dire »
— Авжеж, ваша честь, я вам скажу.
« C'est un bras qui est dans la fenêtre ! »
— Це рука, що у вікні!
« Eh bien, un bras n'a rien à faire là-bas »
"Ну, рука там не має справи"
« Va et enlève le bras ! »
— Іди й забери руку!
Il y eut un long silence après cela
Після цього запала довга мовчанка
et Alice n'entendait que des chuchotements de temps en temps
А Аліса тільки раз у раз чула шепіт
et enfin elle étendit de nouveau la main
І нарешті вона знову простягла руку
et elle fit une autre arrachée dans les airs
І вона зробила ще один ривок у повітрі
Cette fois, il y eut deux petits cris
Цього разу пролунали два маленькі зойки

et il y avait d'autres bruits de verre brisé

І почулися ще звуки розбитого скла

« Je me demande ce qu'ils vont faire ensuite ! » pensa Alice

«Цікаво, що вони будуть робити далі!» — подумала Аліса

« J'aimerais qu'ils me tirent par la fenêtre »

"Якби мене витягли з вікна"

Elle attendit un certain temps

Вона почекала деякий час

Mais pendant un moment, elle n'entendit plus rien

Але якийсь час вона більше нічого не чула

Enfin, il y eut un grondement de petites roues

Нарешті почувся гуркіт маленьких коліщаток

et il y eut le son d'un bon nombre de voix

І почувся звук безлічі голосів

Toutes les voix parlaient ensemble

Всі голоси розмовляли між собою

Elle pouvait distinguer certaines des paroles

Вона могла розібрати деякі слова

« Où est l'autre échelle ? »

— А де ж інша драбина?

« Bill a l'autre échelle »

"У Білла інша драбина"

« Bill, viens ici ! »

— Білле, йди сюди!

« Le toit va-t-il supporter le fardeau ? »

«Чи витримає дах навантаження?»

« Qui veut descendre par la cheminée ? »

— Хто хоче спускатися в димар?

— Non, je ne le ferai pas ! Vous le faites !

— Ні, не буду! Ти це зробиш!»

« Tiens, Bill ! »

— Ось, Білле!

« Le maître dit qu'il faut descendre par la cheminée ! »

— Хазяїн каже, що треба спускатися в димар!

Alice descendit son pied aussi loin qu'elle le put dans la cheminée

Аліса просунула ногу так далеко в димар, як тільки могла

Et puis elle attendit de voir ce qui allait arriver

А потім чекала, що буде

Elle entendit un petit animal gratter et se débattre

Вона почула, як маленьке звірятко подряпалося і поскрегота́ло

Le petit animal doit être dans la cheminée

звірятко обов'язково повинен знаходитися в димоході

Puis elle donna un coup de pied sec

Тоді вона дала одного різкого стусана

et elle attendit de voir ce qui allait se passer ensuite

І вона чекала, що буде далі

Elle entendit un chœur général de voix

Вона почула загальний хор голосів

« Voilà Bill ! » dirent-ils tous

«Ось іде, Білл!» — сказали вони всі

Puis elle entendit la voix du lapin seule

Тоді вона почула голос кролика на самоті

« Toi par la haie, attrape-le ! »

— Ти біля живоплоту, спіймай його!

Il y eut un autre moment de silence

Була ще одна хвилина мовчання

Et puis il y eut une autre confusion de voix

А потім знову почалася плутанина голосів

« Lève la tête, Brandy »

«Підніми його голову, Бренді»

« Attention à ne pas l'étouffer »

«Будь обережний, щоб не задушити його»

« Qu'est-ce qui t'est arrivé ? »

— Що з тобою сталося?

Enfin, une petite voix faible et grinçante est apparue

Нарешті пролунав трохи слабкий, писклявий голос

« Eh bien, je n'en sais presque pas plus »

"Ну, я вже навряд чи не знаю"

« merci à tous, je vais mieux maintenant »

"Дякую всім, мені тепер краще"

« il y a une chose dont je peux me souvenir »

"Є одна річ, яку я можу згадати"

« Quelque chose vient à moi comme un train dans un tunnel »

«Щось летить на мене, як поїзд у тунелі»

« Et je vole comme une fusée ! »

— І вгору я лечу, як ракета в небо!

Il y eut une minute ou deux de silence

Була хвилина-дві мовчання

puis ils ont recommencé à se déplacer

А потім вони знову почали рухатися

et Alice entendit de nouveau le Lapin parler

і Аліса знову почула, як Кролик заговорив

« Une brouette fera l'affaire, pour commencer »

"Для початку підійде борсун"

« Une brouette pleine de quoi ? » pensa Alice

"Що ж?" – подумала Аліса

Mais elle ne fut pas tenue en suspens longtemps

Але її недовго тримали в напрузі

Une pluie de petits cailloux est passée par la fenêtre

У вікно йшла злива з маленьких камінчиків

et quelques petits cailloux l'ont frappée au visage

І деякі маленькі камінчики вдарили її по обличчю

Alice fut surprise par les petits cailloux

Аліса здивувалася маленьким камінчикам

Tous les petits cailloux se transformaient en gâteaux

Всі маленькі камінчики перетворювалися на тістечка

et une idée lumineuse lui vint à l'esprit

І в її голові прийшла яскрава ідея

« Je devrais manger un de ces gâteaux »

"Я повинен з'їсти один з цих тістечок"

« Le gâteau ne manquera pas de faire changer ma taille »

"Торт обов'язково змінить мій розмір"

Alors elle a avalé l'un des gâteaux

Так вона проковтнула один з тістечок

et elle fut ravie de constater qu'elle commençait à rétrécir

І вона була в захваті, побачивши, що почала зменшуватися

Bientôt, elle fut assez petite pour franchir la porte

Невдовзі вона стала досить маленькою, щоб проникнути в

двері
Elle s'est enfuie de la maison
Вона вибігла з хати
Une foule de petits animaux et d'oiseaux attendaient dehors
Надворі чекав натовп звіряток і пташок
tous les petits oiseaux et les petits animaux se précipitèrent sur Alice
всі маленькі пташки і звірятка кинулися на Алісу
Mais elle s'enfuit aussi vite qu'elle le put
Але вона втекла так швидко, як тільки могла
et bientôt elle se trouva en sécurité dans un bois épais
І незабаром вона опинилася в безпеці в густому лісі
Alice errait dans les bois
Аліса блукала лісом
Et elle pensa en elle-même :
І вона подумала:
« Je sais ce que je dois faire en premier »
«Я знаю, що маю зробити в першу чергу»
« Je dois d'abord grandir à ma bonne taille »
"спочатку я знову маю вирости до потрібного розміру"
« et puis je dois trouver mon chemin dans ce joli jardin »
"І тоді я маю знайти дорогу в той чудовий сад"
« Je suppose que je devrais manger ou boire quelque chose ou autre »
«Я вважаю, що я повинен їсти або пити щось або інше»
« Mais la question est de savoir ce que je dois manger ou boire ? »
— Але питання в тому, що я маю їсти чи пити?
Alice regarda tout autour d'elle les fleurs
Аліса озирнулася навкруги на квіти
et elle regarda à travers les brins d'herbe
І вона дивилася крізь травинки
mais elle ne voyait rien à manger ni à boire
Але вона не бачила, що їсти чи пити
Rien ne semblait être la bonne chose à manger ou à boire
Ніщо не виглядало як правильна річ для їжі чи пиття
Il y avait un gros champignon qui poussait près d'elle

Біля неї ріс великий гриб

le champignon était à peu près de la même taille qu'Alice

гриб був приблизно такого ж зросту, як Аліса

Elle s'étira sur la pointe des pieds

Вона потягнулася навшпиньки

Et elle jeta un coup d'œil par-dessus le bord du champignon

І вона зазирнула через край гриба

Ses yeux rencontrèrent immédiatement les yeux d'une grande chenille bleue

Її погляд відразу ж зустрівся з очима великої блакитної гусениці

La chenille était assise sur le sommet du champignon

Гусениця сиділа на верхівці гриба

et la chenille avait croisé tous ses bras

І гусениця схрестила всі його руки

et il fumait tranquillement un long narguilé

І він тихенько курив довгий кальян

et il ne faisait pas la moindre attention à rien

І він ні на що не звертав ані найменшої уваги

et il n'a certainement pas fait attention à Alice

і він, звичайно, не звернув уваги на Алісу

Les conseils d'une chenille
Поради від гусениці

Finalement, la chenille a retiré le narguilé de sa bouche
Нарешті гусениця вийняла кальян з рота
et il s'adressa à Alice d'une voix languissante et endormie
і він звернувся до Аліси млявим, сонним голосом
« Qui es-tu ? » demanda la chenille
«Хто ти такий?» — запитала гусениця

**Alice a répondu, plutôt timidement : « Je sais à peine,
monsieur. »**
— досить сором'язливо відповіла Аліса.— Навряд чи
знаю,.
« Juste pour le moment, c'est un peu... »
"Просто на даний момент це все трохи..."
« Je sais qui j'étais quand je me suis levé ce matin" »
"Я знаю, ким я був, коли прокинувся сьогодні вранці"
« mais je pense que j'ai dû changer plusieurs fois depuis »
"але я думаю, що з тих пір я, мабуть, змінився кілька разів"
« Qu'est-ce que tu veux dire par là ? » dit la chenille
«Що ти маєш на увазі?» — сказала гусениця

sévèrement, la chenille lui demanda de s'expliquer

Гусінь суворо попросила її пояснити свою думку

— Je ne peux pas m'expliquer, j'en ai peur, monsieur, dit Alice

— Я не можу пояснити, боюся,, — сказала Аліса

« parce que je ne suis pas moi-même »

"Тому що я не я"

« Vous voyez, être de tant de tailles différentes en une journée, c'est très déroutant »

"Розумієте, бути стільки різних розмірів за день дуже збиває з пантелику"

Elle se redressa et dit très gravement :

Вона підвелася і сказала дуже поважно:

« Je pense que tu devrais me dire qui tu es, en premier »

"Я думаю, ти повинен спочатку сказати мені, хто ти"

« Pourquoi ? » demanda la chenille

«Чому?» — сказала гусениця

Alice ne voyait aucune bonne raison

Аліса не могла придумати жодної поважної причини

et la chenille semblait être dans un état d'esprit très désagréable

І гусениця начебто перебувала в дуже неприємному стані душі

alors elle s'en retourna

І вона відвернулася

« Reviens ! » la chenille l'appela

«Повертайся!» — гукнула їй услід гусениця

« J'ai quelque chose d'important à dire ! »

— Маю сказати дещо важливе!

Alice se retourna et revint

Аліса повернулася і знову повернулася

« Garde ton sang-froid », dit la chenille

— Тримай себе в руках, — сказала гусениця

— C'est tout ? dit Alice

"Це все?" - сказала Аліса

Et elle ravala sa colère de son mieux

І вона ковтнула свій гнів так добре, як могла

« **Non,** » **dit la chenille**

— Ні, — сказала гусениця

La chenille déplia ses bras

Гусениця розгорнула руки

Et il retira le narguilé de sa bouche

І він знову вийняв кальян з рота

et il a dit : « Vous pensez donc que vous avez changé, n'est-ce pas ? »

І він сказав: "То ти думаєш, що змінився, чи не так?"

— **J'ai peur, je suis changée, monsieur, dit Alice**

- Боюся, я змінилася,, - сказала Аліса

« Je ne me souviens plus des choses comme je m'en souvenais »

«Я не можу пам'ятати речі так, як я їх пам'ятав раніше»

« et je ne reste pas plus de dix minutes de la même taille ! »

— І я не залишаюся одного розміру більше десяти хвилин!

« Quelle taille veux-tu faire ? » demanda la chenille

«Якого розміру ти хочеш бути?» — запитала гусениця

— **Oh, ma taille ne me dérange pas particulièrement, répondit vivement Alice**

- О, мені все одно, якого я розміру, - квапливо відповіла Аліса

« Je n'aime pas changer de taille si souvent, vous savez »

"Я просто не люблю так часто змінювати розмір, розумієте"

« J'aimerais être un peu plus grand, monsieur »

— Я хотів би бути трохи більшим,.

— **Si cela ne vous dérange pas, ajouta Alice**

— Якщо ти не проти, — додала Аліса

« Dix centimètres, c'est une taille si misérable »

«Десять сантиметрів – це такий жалюгідний зріст»

« C'est une très bonne hauteur en effet ! » dit la chenille avec colère

— Це справді дуже добра висота, — сердито сказала гусениця

et il se redressa tout en parlant

І він випростався, коли говорив

Il mesurait exactement dix centimètres de haut

Він був рівно десять сантиметрів на зріст

Au bout d'une minute ou deux, la chenille s'est détachée du champignon

За хвилину-дві гусениця злізла з гриба

et il s'enfonça en rampant dans l'herbe

І він поповз у траву

En s'éloignant, il fit quelques petites remarques

Відходячи, він зробив кілька невеличких зауважень

« Un côté vous fera grandir »

«Одна сторона змусить вас ставати вищим»

« Et l'autre côté te fera rapetisser »

«А інша сторона змусить тебе стати нижчим»

« Un côté de quoi ? » pensa Alice en elle-même

"Один бік чого?" — подумала собі Аліса

« L'autre côté de quoi ? »

— По той бік чого?

« Le côté du champignon », dit la chenille

— Бік гриба, — сказала гусениця

C'était comme si elle avait posé sa question à haute voix

Вона наче поставила своє запитання вголос

et un instant plus tard, il fut hors de vue

А ще мить — і він зник з поля зору

Alice resta pensivement à regarder le champignon

Аліса продовжувала задумливо дивитися на гриб

Elle essayait de distinguer quels étaient les deux côtés du champignon

Вона намагалася розібрати, з яких двох сторін гриб

Enfin, elle étendit ses bras autour du champignon

Нарешті вона простягла руки навколо гриба

Et elle cassa un peu les bords

І у неї трохи відламалися краї

« Et maintenant, de quel côté est-ce ? » se dit-elle

«А тепер, який бік який?» — запитала вона сама до себе

et elle grignota un peu du mors de la main droite

І вона покусала трохи правого шматка

L'instant d'après, elle sentit un violent coup sous son

menton

Наступної миті вона відчула сильний удар під підборіддям

Son menton avait heurté son pied !

Її підборіддя вдарилося об ногу!

Elle fut bien effrayée par ce changement très soudain

Вона була дуже налякана цією дуже раптовою зміною

Elle rétrécissait très rapidement

Вона дуже швидко зменшувалася

Alors elle a rapidement mangé un peu de l'autre morceau de champignon

Тому вона швидко з'їла трохи іншого шматочка гриба

Son menton était très serré contre son pied

Її підборіддя було дуже щільно притиснуте до стопи

Il y avait à peine de la place pour ouvrir la bouche

Ледве можна було відкрити рот

mais elle parvint enfin à ouvrir la bouche

Але вона нарешті спромоглася відкрити рота

et elle avala un morceau du mors de la main gauche

І вона проковтнула шматочок лівого шматка

« Ma tête a enfin été libérée ! » dit Alice

— Нарешті моя голова звільнилася, — сказала Аліса

Elle baissa les yeux sur elle-même

Вона подивилася на себе зверхньо

mais tout ce qu'elle pouvait voir, c'était une immense longueur de cou

Але все, що вона могла бачити, це величезна довжина шиї

Son cou semblait se dresser comme une tige

Її шия, здавалося, піднялася, як стебло

et elle baissa les yeux sur une mer de feuilles vertes

І вона подивилася вниз на море зеленого листя

« Où sont passées mes épaules ? »

— Куди ж поділися мої плечі?

« Et oh, mes pauvres mains, comment se fait-il que je ne puisse pas vous voir ? »

— А ой, бідні мої руки, як це я вас не бачу?

Mais son cou avait un avantage

Але її шия мала одну перевагу

Elle pouvait bouger la tête dans n'importe quelle direction
Вона могла рухати головою в будь-якому напрямку
En fait, elle était comme un serpent
Насправді вона була схожа на змію
Elle zigzague gracieusement, la tête baissée
Вона граціозним зигзагом опустила голову вниз
et elle remua la tête à travers les arbres
І вона ворушила головою по деревах
Mais elle entendit alors un sifflement aigu
Але тут вона почула різке шипіння
Et elle tira rapidement la tête en arrière
І вона швидко відкинула голову назад
Un gros pigeon lui avait volé au visage
Великий голуб влетів їй в обличчя
et le pigeon était violemment avec ses ailes
А голуб буйно махав крилами

« Serpent ! » cria le pigeon

«Змія!» — закричав голуб

« Je ne suis pas un serpent ! » dit Alice avec indignation

- Я не змія, - обурено сказала Аліса

« Laisse-moi tranquille ! »

— Облиште мене!

« J'ai essayé les racines des arbres »

«Я спробував коріння дерев»

— Et j'ai essayé des haies, continua le pigeon

— А я вже пробував живоплоти, — вів далі голуб

« Mais ces serpents ! Il n'y a pas moyen de leur plaire !

— Але ж ті змії! Їм не догодиш!»

Alice était de plus en plus perplexe

Аліса все більше і більше спантеличувалася

« Comme si ce n'était pas assez compliqué de faire éclore les œufs », a déclaré le pigeon

— Наче й не вистачило клопоту з висиджуванням яєць, — сказав голуб

« Nuit et jour, je dois aussi faire attention aux serpents ! »

— І вночі, і вдень я мушу остерігатися змій!

« Je venais de trouver l'arbre le plus haut de la forêt »

«Я щойно знайшов найвище дерево в лісі»

« Je serais sûrement libre des serpents ici ? »

— Невже я був би тут вільний від змій?

« Et un serpent sort du ciel ! »

— І звідти з неба вилітає змія!

« Mais je ne suis pas un serpent, je vous le dis ! » dit Alice

- Але ж я не змія, кажу тобі, - сказала Аліса

"Je suis un... Je suis un... Je suis une petite fille, ajouta-t-elle d'un air un peu dubitatif

"Я... Я... Я маленька дівчинка, — додала вона досить сумнівно

Après tout, elle avait traversé beaucoup de changements

Адже вона пережила багато змін

« Tu cherches des œufs », dit le pigeon

— Ти шукаєш яйця, — сказав голуб

« Je le sais pertinemment »

"Я знаю це точно"

« Et qu'importe que vous soyez une petite fille ou un serpent ? »

— А яка різниця, чи ти маленька дівчинка, чи змія?

— Cela m'importe beaucoup, dit Alice à la hâte

— Для мене це має велике значення, — квапливо сказала Аліса

« mais je ne cherche pas d'œufs, en l'occurrence »

"Але я не шукаю яєць, як буває"

« et je ne voudrais pas de tes œufs de toute façon »

"І я б все одно не хотіла твоїх яєць"

« Je n'aime pas mes œufs crus »

"Я не люблю свої яйця сирими"

« Eh bien, allez-vous-en ! » dit le pigeon d'un ton boudeur

— Ну, тоді геть, — сказав голуб похмурим тоном

et le pigeon se posa de nouveau dans son nid

І голуб знову влаштувався в своє гніздо

Alice s'accroupit parmi les arbres du mieux qu'elle put

Аліса присіла поміж деревами, як тільки могла

Son cou ne cessait de s'emmêler parmi les branches

Її шия весь час заплутувалася серед гілля

De temps en temps, elle devait s'arrêter et se tordre le cou

Раз у раз їй доводилося зупинятися і розкручувати шию

Au bout d'un moment, elle se souvint du champignon

Через деякий час вона згадала про гриб

Elle tenait toujours les morceaux de champignon dans ses mains

Вона все ще тримала шматочки гриба в руках

et elle se mit à l'œuvre avec beaucoup de soin

І вона дуже обережно взялася за роботу

D'abord, elle a grignoté un morceau

Спочатку вона гризла один шматочок

puis elle grignota l'autre morceau

А потім погризла інший шматок

Parfois, elle grandissait

Іноді вона ставала вищою

et parfois elle devenait plus petite

І іноді вона ставала нижчою

Mais finalement, elle a atteint sa taille habituelle

Але нарешті вона досягла свого звичайного зросту

Elle n'avait pas été de sa taille depuis un certain temps

Вона вже деякий час не була на зріст

Tout m'a semblé étrange pendant un moment

Тому якийсь час все здавалося дивним

« La prochaine chose à faire est d'entrer dans ce beau jardin »

"Наступне, що потрібно зробити, це потрапити в цей прекрасний сад"

« Comment cela se fera-t-il, je me demande ? »

— Цікаво, як це зробити?

En disant cela, elle tomba sur un endroit ouvert

Сказавши це, вона натрапила на відкрите місце

Il y avait une petite maison, un peu plus haute qu'un mètre

Там була маленька хатинка, трохи вища за метр

« Je me demande qui habite cette petite maison »

"Цікаво, хто живе в цьому маленькому будиночку"

« Je ne peux certainement pas y aller aussi grand que je le suis »

"Я, звичайно, не можу увійти таким великим, як я"

« Je les effrayerais terriblement ! »

— Я б їх страшенно налякав!

alors elle grignota à nouveau le petit champignon

І вона знову погризла маленького грибочка

et bientôt elle s'abaissa de trente centimètres

І скоро вона опустилася на тридцять сантиметрів

Un cochon et du poivre
Свиня і трохи перцю

Pendant une minute ou deux, elle resta à regarder la maison

Хвилину чи дві вона стояла і дивилася на будинок

Soudain, un valet de pied sortit en courant des bois

Раптом з лісу вибіг лакей

Il portait un uniforme de livrée spécial

Він був одягнений у спеціальну ліврею

à en juger par son seul visage, elle l'aurait traité de poisson

Судячи тільки з його обличчя, вона назвала б його рибою

et il frappa bruyamment à la porte avec ses jointures

І він голосно грюкнув у двері кісточками пальців

La porte fut ouverte par un autre valet de pied

Двері відчинив інший лакей

Ce valet de pied portait également une livrée spéciale

Цей лакей теж був одягнений у спеціальну ліврею

Ce valet de pied avait un visage rond et de grands yeux comme une grenouille

У цього лакея було кругле обличчя і великі, як у жаби, очі

C'est le valet de pied qui ressemblait à un poisson qui a initié la cérémonie

Ініціатором церемонії був лакей, схожий на рибу

Il sortit quelque chose de sous son bras

Він витягнув щось з-під пахви

et il tira de dessous son bras une enveloppe

І він витяг з-під пахви конверт

et cette enveloppe, il la remit à l'autre valet de pied

І цей конверт він передав другому лакеєві

D'un ton cérémoniel, il lui donna les ordres

Урочистим тоном він переказав йому накази

« Ce message s'adresse à la duchesse »

"Це послання для герцогині"

« Une invitation de la reine à jouer au croquet »

"Запрошення від королеви пограти в крокет"

Le valet de pied qui ressemblait à une grenouille répéta l'ordre

Лакей, схожий на жабу, повторив наказ

« De la reine »

"Від королеви"

« Une invitation »

"Запрошення"

« pour la duchesse »

"для герцогині"

« Jouer au croquet »

"Гра в крокет"

Puis ils s'inclinèrent tous les deux

Тоді вони обоє низько вклонилися

et les boucles de leurs perruques s'emmêlèrent

І кучері в їхніх перуках сплуталися докупи

Bientôt, le valet de pied qui ressemblait à un poisson a disparu

Незабаром лакей, схожий на рибу, зник

Mais le valet de pied qui ressemblait à une grenouille était toujours là

Але лакей, схожий на жабу, все ще був там

Il était assis par terre près de la porte

Він сидів на землі біля дверей
Il regardait bêtement le ciel
Він тупо дивився в небо
Alice s'approcha timidement de la porte et frappa
Аліса несміливо підійшла до дверей і постукала
— Il ne sert à rien de frapper, dit le valet de pied
— Немає сенсу стукати, — сказав лакей
« Et ce, pour deux raisons »
"І це з двох причин"
« D'abord, parce que je suis du même côté de la porte que toi »
«По-перше, тому що я по той же бік дверей, що і ти»
« Deuxièmement, parce qu'ils font tellement de bruit à l'intérieur »
"По-друге, тому що вони так багато шумлять всередині"
« Personne ne pouvait vous entendre »
«Тебе ніхто не міг почути»
Et il y avait certainement un bruit des plus extraordinaires à l'intérieur
І всередині, безперечно, здійнявся надзвичайний шум
des hurlements et des éternuements constants
постійне виття і чхання
et de temps en temps un bruit de grand fracas
І раз у раз долинав звук сильного гуркоту
comme si un plat ou une bouilloire avait été brisé en morceaux
Наче тарілку чи чайник розбили на шматки
« Comment vais-je entrer ? » demanda Alice
«Як мені туди потрапити?» — запитала Аліса
— Faut-il que tu entres ? dit le valet de pied
— А тобі взагалі лізти? — спитав лакей
« C'est la première question, vous savez »
"Це перше питання, ви знаєте"
Alice ouvrit la porte et entra
Аліса відчинила двері і зайшла всередину
La porte menait directement à une grande cuisine
Двері вели прямо у велику кухню

La cuisine était pleine de fumée d'un bout à l'autre

У кухні від одного кінця до іншого йшов дим

au milieu de la cuisine se trouvait la duchesse

посеред кухні стояла герцогиня

Elle était assise sur un tabouret à trois pieds

Вона сиділа на триногому табуреті

et elle allaitait un bébé

І вона годувала дитину

Le cuisinier était penché au-dessus du feu

Кухар схилився над вогнем

Il remuait un grand chaudron

Він ворушив великий котел

et le chaudron semblait être plein de soupe

А в казанку, здавалося, було повно юшки

« Il y a certainement trop de poivre dans cette soupe ! » Alice se dit

— У тому супі точно забагато перцю! — сказала сама до себе Аліса

Elle l'a dit du mieux qu'elle a pu sans éternuer

Вона сказала це, як могла, не чхнувши

Même la duchesse éternuait de temps en temps

Навіть герцогиня час від часу чхала

Mais les actions du bébé étaient les plus remarquables

Але найбільшої уваги заслуговували вчинки малюка

Le bébé éternuait et hurlait alternativement

Малюк чхав і вив по черзі

Il n'y avait pas un instant de pause entre les hurlements et les éternuements

Між виттям і чханням не було ні хвилини паузи

Il y avait deux créatures dans la cuisine qui n'éternuaient pas

На кухні було дві істоти, які не чхали

Le cuisinier était trop occupé pour éternuer

Кухар був надто зайнятий, щоб чхнути

et le gros chat ne semblait pas se soucier du poivre

А великий кіт, схоже, був не проти перцю

Au lieu de cela, le gros chat souriait d'une oreille à l'autre

Замість цього великий кіт посміхався від вуха до вуха

— Pourriez-vous me le dire, s'il vous plaît, dit Alice un peu timidement

- Скажіть, будь ласка, - сказала Аліса трохи несміливо

« Pourquoi ton chat sourit-il comme ça ? »

— Чому твоя кішка так посміхається?

« C'est un Cheshire-Cat, » dit la duchesse

— Це Чеширський Кіт, — сказала герцогиня

« Et c'est pourquoi il sourit d'une oreille à l'autre »

"І тому він посміхається від вуха до вуха"

« Je ne savais pas qu'un Cheshire-Cat souriait toujours »

«Я не знала, що Чеширський Кіт завжди посміхається»

« En fait, je ne savais pas que les chats pouvaient sourire », a déclaré Alice

— Насправді я не знала, що коти можуть усміхатися, — сказала Аліса

— Il y a beaucoup de choses que vous ne savez pas, dit la duchesse

— Є багато чого, чого ти не знаєш, — сказала герцогиня

« Il y a beaucoup de choses que vous ne savez pas et c'est un fait »

«Є багато чого, чого ви не знаєте, і це факт»

Juste à ce moment-là, le cuisinier retira le chaudron de soupe du feu

Саме тоді кухар зняв з вогню котел з супом

et aussitôt, elle commença à jeter tout ce qui était à sa portée

І відразу ж почала кидати все, що було їй під силу

elle jeta tout ce qu'elle put sur la duchesse et le bébé

вона кинула все, що могла, на герцогиню і немовля

D'abord, elle jeta les fers à feu

Спочатку вона кинула вогняні праски

Puis elle a jeté une poignée de casseroles

Тоді вона кинула жменю каструльок

et enfin elle jeta les assiettes et les plats

І нарешті вона кинула тарілки і тарілки

La duchesse ne fit pas attention à elle

Герцогиня не звернула на неї уваги

Même lorsqu'elle a été frappée par une assiette, elle ne s'est pas inquiétée

Навіть коли її вдарило тарілкою, вона не хвилювалася

Le bébé hurlait déjà tellement

Малюк вже так сильно вив

Il était donc impossible de dire si les coups blessaient le bébé ou non

Так що сказати, боляче від ударів дитині чи ні, було неможливо

« Oh, je vous en prie, faites attention à ce que vous faites ! » s'écria Alice

«Ой, будь ласка, зважай, що ти робиш!» — вигукнула Аліса

et elle sautait de haut en bas dans une agonie de terreur

І вона стрибала вгору і вниз в агонії жаху

la duchesse offrit le bébé à Alice

герцогиня запропонувала Алісі немовля

« Ici ! Tu peux allaiter un peu le bébé, si tu veux ! »

— Ось! Ви можете трохи годувати дитину, якщо хочете!»

et elle lui lança l'enfant tout en parlant

І вона жбурнула в неї немовля, коли вона говорила

« Je dois aller me préparer à jouer au croquet avec la reine »

"Я мушу піти і приготуватися до гри в крокет з королевою"

et elle se hâta de sortir de la chambre

І вона поспішила з кімнати

Alice attrapa le bébé avec quelque difficulté

Аліса насилу зловила малюка

parce que c'était une petite créature de forme très étrange

Тому що це було дуже дивної форми маленьке створіння

et l'enfant tendit les bras et les jambes dans toutes les directions

А малюк простягав ручки і ніжки на всі боки

« Je ferais mieux d'emmener cet enfant avec moi », pensa Alice

"Краще я заберу цю дитину з собою", - подумала Аліса

« Ils sont sûrs de tuer ce bébé dans un jour ou deux »

«Вони обов'язково вб'ють цю дитину за день-два»

« Ne serait-ce pas un meurtre de laisser ce bébé derrière soi ?
»
«Чи не було б вбивством залишити цю дитину позаду?»
Elle prononça les derniers mots à haute voix
Останні слова вона сказала вголос
Et la petite créature grogna en réponse
І малий буркнув у відповідь
« Tu ferais mieux de ne pas te transformer en cochon, ma
chère, » dit Alice
- Краще не перетворюватися на свиню, моя люба, - сказала
Аліса
« ou alors je n'aurai plus rien à faire avec toi »
"або я більше не матиму з тобою нічого спільного"
Alice commençait à peine à penser en elle-même :
Аліса тільки починала думати:
« Maintenant, que vais-je faire de cette créature, quand je la
ramène à la maison ? »
— Що ж мені робити з цим створінням, коли я принесу
його додому?
Mais alors la petite créature grogna un peu violemment
Але потім маленьке створіння трохи люто буркнуло
et Alice baissa les yeux sur son visage avec une certaine
inquiétude
І Аліса в якійсь тривозі подивилася йому в обличчя
Cette fois, il ne pouvait y avoir d'erreur à ce sujet
Цього разу не могло бути помилки
Ce n'était ni plus ni moins qu'un cochon
Це було не багато і не мало свині
alors elle déposa la petite créature
І вона посадила маленьке створіння
et la petite créature s'éloigna tranquillement dans le bois
І маленьке створіння тихо побігло в ліс
Alice se sentit tout à fait soulagée de voir la créature partir
Аліса відчула неабияке полегшення, побачивши, що
створіння зникло
Alice fut un peu surprise en voyant le Chat-Cheshire
Аліса трохи здивувалася, побачивши Чеширського Кота

Il était assis sur une branche d'arbre à quelques mètres de là

Він сидів на гілці дерева за кілька метрів від нього

Le chat ne sourit que lorsqu'il la vit

Кіт тільки посміхнувся, побачивши її

« Chat du Cheshire », commença Alice un peu timidement

- Чеширський кіт, - досить несміливо почала Аліса

« Pourriez-vous s'il vous plaît me dire dans quelle direction je dois aller à partir d'ici ? »

— Скажіть, будь ласка, яким шляхом я маю йти звідси?

« Dans cette direction », dit le chat

— У той бік, — сказав кіт

et il agita la patte droite

І махнув правою лапою

« C'est dans cette direction que vit un fabricant de chapeaux »

«У тому напрямку живе виробник капелюхів»

puis le chat agita son autre patte

І тут кіт махнув другою лапою

« Et dans cette direction vit un lièvre de marche »

"А в тому напрямку живе похідний заєць"

« Visitez l'un ou l'autre de vos goûts ; Ils sont tous les deux fous"

"Приходьте в гості, як вам подобається; Вони обоє збожеволіли"

— Mais je ne veux pas aller parmi des fous, remarqua Alice

— Але я не хочу йти серед божевільних, — зауважила Аліса

« Oh, tu ne peux pas t'en empêcher, » dit le Chat

— Ой, нічого не вдієш, — сказав Кіт

« Nous sommes tous fous ici »

"Ми всі тут божевільні"

« Tu joues au croquet avec la reine aujourd'hui ? »

— Ти сьогодні граєш у крокет з королевою?

— J'aimerais beaucoup, dit Alice

— Я б дуже хотіла, — сказала Аліса

« mais je n'ai pas encore été invité »

"Але мене ще не запросили"

« Tu me verras là-bas », dit le Chat
— Ти мене там побачиш, — сказав Кіт
et d'un instant à l'autre le chat disparaissait
І від однієї миті до іншої кіт зникав
bientôt Alice arriva en vue de la maison du lièvre de marche
Незабаром Аліса потрапила в поле зору будиночка
маршового зайця
C'était une très grande maison
Це був дуже великий будинок
alors Alice ne voulait pas s'approcher de la maison
Тому Аліса не хотіла підходити до будинку
**D'abord, elle a dû grignoter un peu plus du morceau de
champignon du côté gauche**
Спочатку їй довелося відгризти ще трохи лівого бічного
шматочка гриба

Un thé fou

Божевільне чаювання

Devant la maison, il y avait un arbre

Перед будинком росло дерево

et sous l'arbre, il y avait une table

А під деревом стояв стіл

et la table était dressée avec toutes sortes de couverts

А на столі було заставлено всякими столовими приборами

Le lièvre de mars et le chapelier étaient à table

За столом сиділи березневий заєць і капелюшник

et ensemble ils prenaient le thé

І вони разом пили чай

Un loir était assis entre eux

Між ними сиділа соня

et le loir dormait profondément

А соня міцно спала

La table était d'une taille extraordinaire

Стіл був надзвичайних розмірів

mais la majeure partie de la table était inoccupée

Але більша частина столу була незайнята

**Ils étaient assis serrés les uns contre les autres dans un coin
de la table**

Вони тісно сиділи один до одного в одному кутку столу

et pourtant ils s'excusaient quand ils voyaient Alice

і все ж вони виправдовувалися, побачивши Алісу

« Pas de place ! Pas de place ! » crièrent-ils

"Немає місця! Немає місця!» — кричали вони

« Il y a beaucoup de place ! » dit Alice avec indignation

- Тут багато місця, - обурено сказала Аліса

**À l'une des extrémités de la table, il y avait un grand
fauteuil**

На одному кінці столу стояло велике крісло

et Alice s'assit dans le fauteuil

А Аліса сама сіла в крісло

Le chapelier ouvrit de grands yeux

Капелюшник широко розплющив очі

Il n'arrivait pas à croire ce qu'il voyait

Він не міг повірити в те, що бачив
Mais son esprit était curieux d'autres choses
Але його розум цікавився іншими речами
« Pourquoi un corbeau est-il comme un bureau ? »
— Чому ворон подібний до письмового столу?
Alice était prête à relever le défi
Аліса була відкрита до виклику
« Je suis content qu'ils aient commencé à poser des énigmes »
"Я радий, що вони почали загадувати загадки"
— Je crois que je peux le deviner, ajouta-t-elle à haute voix
— Гадаю, я можу це здогадатися, — додала вона вголос
Le lièvre de mars s'est curieux de connaître Alice
Маршовий заєць зацікавився Алісою
« Pensez-vous vraiment que vous pouvez trouver la réponse ? »
— Ти справді думаєш, що зможеш знайти відповідь?
— Je crois que je peux trouver la réponse, en effet, dit Alice
— Гадаю, я справді зможу знайти відповідь, — сказала Аліса
« Alors, tu devrais dire ce que tu veux dire », continua le lièvre de marche
— Тоді ти мусиш сказати, що маєш на увазі, — вів далі маршовий заєць
— Je dis ce que je pense, répondit vivement Alice
- Я кажу, що маю на увазі, - квапливо відповіла Аліса
« à tout le moins, je pense ce que je dis »
"принаймні я маю на увазі те, що кажу"
« C'est la même chose, vous savez »
"Це одне й те саме, розумієте"
Le loir a également contribué à la conversation
Свою лепту в розмову внесла і соня
mais le loir semblait parler dans son sommeil
Але сонь, здавалося, розмовляла уві сні
« Je respire quand je dors »
«Я дихаю, коли сплю»
« Je dors quand je respire ! »

«Я сплю, коли я дихаю!»
« Autant dire qu'ils sont les mêmes aussi »
"Можна сказати, що вони теж однакові"
« C'est la même chose pour toi », dit le chapelier
— Те ж саме і з вами, — сказав капелюшник
Et il versa un peu de thé sur le nez du loir
І він налив трохи чаю на ніс соні
Le Loir secoua la tête avec impatience
Соні нетерпляче похитала головою
et le loir parla de nouveau, sans ouvrir les yeux
І знову заговорила сонь, не розплющуючи очей
« Bien sûr, bien sûr que c'est la même chose »
"Звичайно, звичайно, це одне й те саме"
« C'est juste ce que j'allais dire moi-même »
"Саме так я і збирався сказати"

Le chapelier se tourna vers Alice et lui posa une autre question

Виробник капелюхів обернувся до Аліси і поставив ще одне запитання

« As-tu déjà deviné l'énigme ? »

— Ти вже відгадав загадку?

« Non, j'abandonne », a concédé Alice

— Ні, я здаюся, — погодилася Аліса

« Quelle est la réponse ? » voulait-elle savoir

«Яка відповідь?» — хотіла вона знати

— Je n'en ai pas la moindre idée, dit le chapelier

— Я не маю ані найменшого уявлення, — сказав капелюшник

« Moi non plus, » dit le lièvre de marche

— І я не знаю, — сказав заєць

Alice poussa un soupir de lassitude

Аліса стомлено зітхнула

« Il y a de meilleures utilisations du temps que des énigmes sans réponses »

«Є краще використання часу, ніж загадки без відповідей»

« Prends encore du thé », dit le lièvre de marche à Alice, très sérieusement

— Випий ще чаю, — дуже серйозно сказав Алісі березневий заєць

Alice était assez offensée par l'offre

Аліса неабияк образилася на таку пропозицію

— Je n'ai pas encore pris de thé, répondit Alice

- Я ще не пила чаю, - відповіла Аліса

« donc je ne peux plus prendre de thé »

"Тому я не можу більше пити чай"

— Vous voulez dire que vous ne pouvez pas prendre moins de thé, dit le chapelier

— Ти маєш на увазі, що не можна пити менше чаю, — сказав капелюшник

« C'est très facile de prendre plus que rien »

"Дуже легко взяти більше, ніж нічого"

À ces mots, Alice se leva et s'en alla

На це Аліса підвелася і пішла
Le loir s'endormit instantanément
Соні вмить заснула
et ni l'un ni l'autre ne firent la moindre attention à son départ
І жоден з інших не звернув на неї анінайменшої уваги
bien qu'elle ait regardé en arrière une ou deux fois
Хоч вона озирнулася раз чи два назад
Ils essayaient de mettre le loir dans la théière
Вони намагалися посадити соню в чайник для заварювання
« En tout cas, je n'y retournerai plus ! » dit Alice
"У всякому разі, я більше ніколи туди не поїду!" - сказала Аліса
et elle se fraya un chemin à travers les bois
І пішла вона лісом
« c'était le thé le plus stupide auquel j'aie jamais assisté »
"Це було найдурніше чаювання, на якому я коли-небудь був"
Juste au moment où elle disait cela, elle remarqua quelque chose
Як тільки вона це сказала, дещо помітила
L'un des arbres avait une porte qui y menait directement
На одному з дерев прямо в нього вели двері
« C'est très intéressant ! » a-t-elle pensé
«Це дуже цікаво!» — подумала вона
« Je pense que je peux aussi bien passer la porte »
"Я думаю, що я можу зайти в двері"
Et elle passa par la porte
І через двері вона увійшла
Une fois de plus, elle se retrouva dans le long couloir
Вона знову опинилася в довгому залі
de nouveau, elle était près de la petite table de verre
Вона знову наблизилася до маленького скляного столика
Elle prit la petite clé d'or
Вона взяла маленький золотий ключик
et elle ouvrit la porte qui donnait sur le jardin

І вона відімкнула двері, що вели в сад
Puis elle s'est mise au travail pour grignoter le champignon
Потім взялася до роботи, гризучи гриб
Elle avait gardé un morceau du champignon dans sa poche
Вона тримала шматочок гриба в кишені
Et finalement, elle mesurait environ un mètre
І нарешті вона була близько метра на зріст
Puis elle descendit le petit couloir
Потім вона пішла маленьким коридором
Et puis elle s'est finalement retrouvée dans le magnifique jardin
І ось вона нарешті опинилася в прекрасному саду
et elle était parmi les fleurs brillantes et les fontaines fraîches
І вона була серед яскравої квітки і прохолодних фонтанів

<h3 style="text-align:center">Le terrain de croquet de la reine</h3>

Майданчик для крокету королеви

Un grand rosier se dressait près de l'entrée du jardin

Біля входу в сад стояла велика троянда

Les roses qui poussaient sur l'arbre étaient blanches

Троянди, що росли на дереві, були білого кольору

Mais il y avait trois jardiniers qui peignaient la rose

Але було троє садівників, які фарбували троянду

Ils étaient occupés à peindre les roses en rouge

Вони діловито фарбували троянди в червоний колір

et Alice les regardait peindre les roses en rouge

а Аліса дивилася, як вони фарбують троянди в червоний колір

et soudain leurs yeux tombèrent par hasard sur Alice

і раптом їхні очі випадково впали на Алісу

Alice parlait un peu timidement

— трохи несміливо промовила Аліса

« Pourriez-vous me le dire, s'il vous plaît ? »

— Чи не могли б ви сказати мені, будь ласка?

« Pourquoi peignez-vous tous ces roses ? »

— Чому ви всі малюєте ці троянди?

cinq et sept ne dirent rien, mais regardèrent deux

П'ятеро і сім нічого не сказали, а подивилися на двох

deux d'entre eux parlèrent à voix basse

— тихим голосом заговорили двоє

— Eh bien, le fait est, voyez-vous, madame.

— Річ у тім, що бачиш, пані.

« Celui-ci aurait dû être un rosier rouge »

"Це мало бути червоне рожеве дерево"

« Et nous avons mis un rosier blanc par erreur »

«І ми помилково посадили біле рожеве дерево»

« Comme vous en conviendrez, la reine ne doit pas le découvrir »

"Як ви погодитеся, королева не повинна про це дізнатися"

« Sinon, nous aurions tous la tête tranchée »

"Інакше нам би всім відрубали голови"

« Alors vous voyez, madame, nous faisons de notre mieux »

"Отже, бачите, пані, ми робимо все можливе"
La cinquième carte avait regardé anxieusement à travers le jardin
Карта п'ята занепокоєно дивилася на весь город
À ce moment, la cinquième carte cria : « La dame ! La reine !
У цей момент карта п'ята вигукнула: «Королева!
Королева!»
Et les trois jardiniers s'enfuirent aussitôt
І троє садівників миттю помчали геть
et ils se jetèrent à plat ventre
І вони кинулися долілиць своїми
Il y eut un bruit de nombreux pas
Почулося багато кроків
Alice regarda autour d'elle, impatiente de voir la reine
Аліса озирнулася навколо, прагнучи побачити королеву
Au début de la procession se trouvaient dix soldats
На початку процесії стояло десять воїнів
leurs mains et leurs pieds étaient dans les coins
Їхні руки й ноги були по кутках
et dans leurs mains et leurs pieds étaient des massues
А в їхніх руках і ногах були палиці
Venaient ensuite les dix courtisans
Далі йшли десять придворних
Les courtisans étaient partout ornés de diamants
Придворні були всюди прикрашені діамантами
Après les courtisans sont venus les enfants royaux
Слідом за придворними прийшли і королівські діти
Il y avait dix enfants royaux
Царських дітей було десятеро
et tous les enfants royaux étaient ornés de cœurs
І всі царські діти були прикрашені серцями
Venaient ensuite les invités ; principalement des rois et des reines
Далі йшли гості; В основному королі і королеви
et parmi les rois et la reine, Alice vit quelqu'un
і серед королів і королеви Аліса побачила когось
Elle revit le lapin blanc qu'elle avait chassé

Вона знову побачила білого кролика, за яким гналася

Le cortège était suivi par le valet de cœur

За процесією йшов покров сердець

Il portait la couronne du roi

Він ніс корону короля

et la couronne du roi était sur un coussin de velours cramoisi

А корона короля була на багряній оксамитовій подушці

Et puis vint la fin de ce grand cortège

І ось настав кінець цієї грандіозної процесії

Et là, à la fin, il y avait le Roi et la Reine de Cœur

І там в кінці були король і королева сердець

le cortège arriva en face d'Alice

процесія йшла навпроти Аліси

et ils s'arrêtèrent tous et la regardèrent

І всі вони зупинилися і подивилися на неї

et la reine dit sévèrement : « Qui est-ce ? »

І суворо сказала цариця: "Хто це?"

Elle l'a dit au Valet de Cœur

Вона сказала це Кницеві Сердець

Mais il s'est contenté de s'incliner et de sourire en réponse

Але він лише вклонився і посміхнувся у відповідь

Alice parla très poliment

Аліса говорила дуже ввічливо

« Je m'appelle Alice, alors faites plaisir à Votre Majesté »

"Мене звуть Аліса, тож будь ласка, ваша величність"

Mais elle avait d'autres pensées pour elle-même

Але в неї були інші думки

« Ce n'est qu'un jeu de cartes, après tout ! »

— Зрештою, це лише колода карт!

« Savez-vous jouer au croquet ? » cria la reine

«Ти вмієш грати в крокет?» — вигукнула королева

La question était évidemment destinée à Alice

Питання, очевидно, було призначене для Аліси

— Oui ! dit Alice d'une voix forte

- Так, - голосно сказала Аліса

« Venez jouer alors ! » rugit la reine

«Тоді ходімо грати!» — заревіла королева

une voix timide s'adressa à Alice

— промовив до Аліси несміливий голос

« C'est une très belle journée ! »

«Дуже гарний день!»

Elle se promenait près du lapin blanc

Вона йшла біля білого кролика

et le Lapin Blanc jetait un coup d'œil anxieux sur son visage

і Білий Кролик тривожно заглядав їй в обличчя

« Une très belle journée, en effet, confirma Alice

— Справді дуже гарний день, — підтвердила Аліса

« Où est la duchesse ? »

— А де ж герцогиня?

« Chut ! Chut ! dit le Lapin

— Тихіше! Тихіше!» — сказав Кролик

« Elle est sous le coup d'une sentence d'exécution »

"Вона засуджена до розстрілу"

« Pourquoi est-elle exécutée ? » demanda Alice

«За що її страчують?» – запитала Аліса

« Elle a éraflé les oreilles de la reine », commença le lapin

— Вона потерла вуха королеві, — почав кролик

cria la reine d'une voix de tonnerre

— крикнула королева голосом грому

« Retournez à vos endroits ! »

— Ідіть на свої місця!

et les gens se mirent à courir dans toutes les directions

І люди почали бігати на всі боки

et ils tombèrent tous les uns contre les autres

І всі вони попадали один на одного

Cependant, ils se sont calmés en une minute ou deux

Щоправда, за хвилину-другу вони влаштувалися

Et puis le jeu a commencé

І тут почалася гра

Alice n'avait jamais vu un terrain de croquet aussi curieux

Аліса ніколи не бачила такого цікавого майданчика для крокету

L'herbe n'était que crêtes et sillons

Трава була вся гребенем і борознами

Les boules de croquet étaient de vrais hérissons

Крокетні кульки були справжніми їжаками

Et les maillets étaient de vrais flamants roses

А молотки були справжніми фламінго

et les soldats se tinrent sur leurs mains et leurs pieds

І воїни стояли на руках та ногах своїх

Parce que les arches ont été faites à partir de leurs corps

Тому що арки були зроблені з їхніх тіл

Les joueurs ont tous joué en même temps

Гравці всі грали одразу

Personne n'attendait son tour

Своєї черги ніхто не чекав

et tout le monde se querellait avec tout le monde

І всі посварилися з усіма

et tous se battaient pour les hérissons

І всі билися за їжаків

Bientôt, la reine fut dans une colère furieuse

Незабаром королеву охопила шалена пристрасть

et elle s'est mise à piétiner et à crier

І вона почала тупотіти і кричати

« Coupez-lui la tête ! »

— Відрубати йому голову!

« Coupez-lui la tête ! »

— Відрубати їй голову!

« Coupez-leur la tête ! »

— Відрубати їм усі голови!

De nouveau, Alice pensa en elle-même

Знову подумала Аліса

« Ils sont affreusement friands de décapiter les gens ici »

«Тут страшенно люблять обезголовлювати людей»

**« Ce qui est très étonnant, c'est qu'il reste quelqu'un en vie !
»**

«Велике диво в тому, що в живих залишився хтось!»

Elle cherchait un moyen de s'échapper

Вона шукала якийсь спосіб втечі

Elle remarqua une curieuse apparition dans l'air

Вона помітила в повітрі цікаву появу

« C'est le chat du Cheshire », se dit-elle

— Це Чеширський кіт, — сказала вона сама до себе

« maintenant j'aurai quelqu'un à qui parler »

"Тепер мені буде з ким поговорити"

« Comment vas-tu ? » dit le chat

«Як ти живеш?» — спитав кіт

« Je ne pense pas qu'ils jouent du tout équitablement », a déclaré Alice

"Я не думаю, що вони грають чесно", - сказала Аліса

et elle avait un ton plutôt plaintif

I в неї був досить скаржливий тон

« Ils se querellent tous si affreusement »

"Вони всі так страшенно сваряться"

« On ne s'entend pas parler »

«Не чути, як сам говорить»

« Et ils ne semblent pas jouer selon des règles »

"І вони, здається, не грають за жодними правилами"

le chat a posé une question à Alice à voix basse

кіт тихим голосом запитав Алісу

« Comment aimez-vous la reine ? »

— Як тобі королева?

— Je ne l'aime pas du tout, dit Alice

- Вона мені зовсім не подобається, - сказала Аліса

Alice pensa qu'elle ferait aussi bien d'y retourner

Аліса подумала, що з таким же успіхом могла б повернутися назад

Elle voulait voir comment le match se passait

Вона хотіла подивитися, як проходить гра

Elle est partie à la recherche de son hérisson

Вона вирушила на пошуки свого їжачка

Le hérisson était occupé à combattre un autre hérisson

Їжачок був зайнятий боротьбою з іншим їжачком

C'était une excellente occasion

Це була чудова нагода

Elle pouvait croquer un hérisson avec l'autre

Вона могла переплітати одного їжачка з іншим

Mais son flamant rose était de l'autre côté du jardin

Але її фламінго був по той бік саду

Le flamant rose était plutôt maladroit

Фламінго був досить незграбним

Son flamant rose essayait de s'envoler dans un arbre

Її фламінго намагався злетіти на дерево

Elle attrapa le flamant rose par la patte

Вона спіймала фламінго за ногу

Et elle glissa le flamant rose sous son bras

І вона сховала фламінго під пахву

De cette façon, le flamant rose ne pouvait plus s'échapper

Так фламінго більше не міг втекти

Juste à ce moment-là, Alice rencontra la duchesse

Саме тоді Аліса випадково познайомилася з герцогинею

La duchesse était maintenant sortie de prison

Тепер герцогиня вийшла з в'язниці

Elle glissa affectueusement son bras sous celui d'Alice

Вона ласкаво засунула руку під пахву Аліси

puis ils sont partis ensemble

А потім вони разом пішли

Alice était très heureuse de la trouver d'une humeur si agréable

Аліса дуже зраділа, що застала її в такому приємному

настрої
Elle était cependant un peu surprise
Однак вона була трохи здивована
Elle entendit la voix de la duchesse près de son oreille
Вона почула близько до вуха голос герцогині
« Tu penses à quelque chose, ma chérie »
"Ти про щось думаєш, мій любий"
« Et ça fait oublier de parler »
"І це змушує вас забувати говорити"
« Le jeu se passe un peu mieux maintenant », a déclaré Alice
"Зараз гра йде набагато краще", - сказала Аліса
C'était une façon de poursuivre la conversation
Це був один із способів підтримати розмову
— C'est vrai, dit la duchesse
— Це справді так, — сказала герцогиня
« Et la morale de cela est la suivante : »
"І мораль цього така: "
« C'est l'amour qui fait tout ! »
«Це любов робить все!»
« L'amour est ce qui fait tourner le monde »
«Любов – це те, що змушує світ рухатися»
Alice avait une autre explication
Алісі було інше пояснення
« C'est fait par tout le monde qui s'occupe de ses propres affaires ! »
«Це робить кожен, хто займається своєю справою!»
— Ah ! Vous pourriez avoir raison"
— А-а-а-а! Можливо, ви маєте рацію"
— Tout cela signifie à peu près la même chose, dit la duchesse
— Усе це означає приблизно одне й те саме, — сказала герцогиня
et elle enfonça son petit menton pointu dans l'épaule d'Alice
і вона вп'ялася своїм гострим маленьким підборіддям у плече Аліси
« Et la morale de cela est la suivante »
"І мораль цього така"

« Prendre soin du sens »

«Дбайте про почуття»

« Et puis les sons prendront soin d'eux-mêmes »

"І тоді звуки самі про себе подбають"

Mais alors le bras de la duchesse se mit à trembler

Але тут у герцогині почала тремтіти рука

Alice leva les yeux et la reine se tenait là

Аліса підвела очі, а там стояла королева

La reine avait les bras croisés

Королева склала руки

Et elle fronçait les sourcils comme un orage !

І вона хмурилася, як гроза!

« Je vous préviens », cria la reine

— Я вас справедливо попереджаю, — вигукнула королева

et elle piétina le sol tout en parlant

І вона тупотіла по землі, коли говорила

« Soit ta tête, soit sa tête doit être coupée »

"Або у тебе повинна бути відірвана голова, або її голова"

« Faites votre choix ! »

«Роби свій вибір!»

« Et soyez rapide à ce sujet »

"І не поспішай"

La duchesse fait son choix

Герцогиня зробила свій вибір

et au bout d'un instant la duchesse avait disparu

І за мить герцогиня зникла

Puis la reine s'adressa à Alice

Тоді королева заговорила з Алісою

« Continuons le jeu »

"Продовжимо гру"

Alice était trop effrayée pour dire un mot

Аліса була надто налякана, щоб вимовити хоч слово

et elle la suivit lentement jusqu'au terrain de croquet

І вона повільно пішла за нею спиною до майданчика для крокету

Pendant tout ce temps, la reine s'est querellée avec les autres joueurs

Весь цей час королева сварилася з іншими гравцями

« Coupez-lui la tête ! »

— Відрубати йому голову!

« Coupez-lui la tête ! »

— Відрубати їй голову!

« Coupez-leur la tête ! »

— Відрубати їм усі голови!

Bientôt, tous les joueurs ont été en garde à vue

Незабаром всі гравці опинилися під вартою

il ne restait que le roi, la reine et Alice

залишилися тільки король, королева і аліса

Puis la reine s'en alla, tout à fait essoufflée

Тоді королева пішла, зовсім захекана

et elle s'en alla avec Alice

І вона пішла з Алісою

Alice entendit le roi dire quelque chose

Аліса почула, як король тихо щось сказав

« Vous êtes tous pardonnés »

"Ви всі помилувані"

Mais soudain, un autre cri se fit entendre

Але раптом почувся ще один крик

« Le procès commence ! »

«Суд починається!»

et Alice courut avec les autres

і Аліса побігла разом з іншими

Qui a volé les tartes ?

Хто вкрав пироги?

Le roi et la reine de cœur étaient assis

Сиділи король і королева сердець

ils étaient sur leur trône quand Alice arriva

вони були на своєму троні, коли прибула Аліса

Il y avait une grande foule rassemblée autour d'eux

Навколо них зібрався великий натовп

Il y avait toutes sortes de petits oiseaux et de bêtes

Там були всякі маленькі пташки і звірі

Et il y avait tout le paquet de cartes

І там була ціла колода карт

Le coquin se tenait devant eux, enchaîné

Перед ними стояв книш, у кайданах

et il y avait un soldat de chaque côté pour le garder

І був по одному воїну з обох боків, щоб стерегти його

près du roi était le lapin blanc

біля короля сидів білий кролик

Il avait une trompette dans une main

В одній руці він тримав трубу

et il avait un rouleau de parchemin dans l'autre main

А в другій руці в нього був сувій пергаменту

Au milieu de la cour se trouvait une table

Посеред двору стояв стіл

Sur la table, il y avait un grand plat de tartes

На столі стояло велике блюдо з пирогів

« J'aimerais qu'ils fassent le procès », pensa Alice

"Я б хотіла, щоб вони довели справу до кінця", —
подумала Аліса

**« Alors nous pourrions manger quelques-uns de ces
rafraîchissements ! »**

— Тоді ми могли б з'їсти трохи цих закусок!

Le juge, soit dit en passant, était le roi

Суддею, до речі, був король

et il portait sa couronne sur sa grande perruque

І він носив свою корону поверх своєї великої перуки

« C'est le banc des jurés, pensa Alice

"Це ложа для присяжних", — подумала Аліса

« Et ces douze créatures, je suppose qu'elles sont les jurés »

"І ці дванадцять створінь, я гадаю, вони є присяжними"

certains étaient des animaux, et d'autres étaient des oiseaux

Деякі з них були тваринами, а деякі – птахами

Juste à ce moment-là, le lapin blanc a crié

І тут білий кролик скрикнув

« Silence dans la cour ! »

— Тиша в суді!

« Héraut, lisez l'accusation ! » dit le roi

«Віснику, прочитай обвинувачення!» — сказав король

Le lapin blanc souffla trois coups de trompette

Білий кролик засурмив у трубу три удари

Puis il déroula le parchemin

Потім він розгорнув сувій пергаменту

Et il a lu ce qui suit :

А він прочитав таке:

« La reine de cœur, elle a fait des tartes, »

"Королева сердець, вона приготувала кілька пирогів",

« Tout cela, elle l'a fait un jour d'été »

"Все це вона робила в літній день"
« Le valet de cœur, il a volé ces tartes »
«Хлопець сердець, він украв ті пиріжки»
« Et il a emporté ces tartes loin ! »
— І він відніс ті пиріжки далеко!
« Appelez le premier témoin », dit le roi
— Покличте першого свідка, — сказав король
et le lapin blanc souffla trois coups de trompette
І білий кролик засурмив у сурму три удари
« Amenez le premier témoin ! » cria-t-il
«Приведіть першого свідка!» — вигукнув він
Le premier témoin était le chapelier
Першим свідком був виробник капелюхів
Il entra avec une tasse de thé dans une main
Він увійшов з чашкою чаю в одній руці
et il avait un morceau de pain et de beurre dans l'autre main
А в другій руці в нього був шматок хліба та масло
« Tu aurais dû finir », dit le roi
— Треба було скінчити, — сказав король
« Quand avez-vous commencé ? »
— Коли ти почав?
Le chapelier regarda le lièvre de marche
Капелюшник подивився на маршового зайця
Le lièvre de marche l'avait suivi dans la cour
Березневий заєць пішов за ним у двір
Il avait marché bras dessus bras dessous avec le loir
Він ішов під руку з сонею
« Le quatorzième mars, je crois, dit-il
"Чотирнадцятого березня, я думаю, що так і було", - сказав
він
« Rendez votre témoignage », dit le roi
— Дайте свої свідчення, — сказав король
**« Et ne sois pas nerveux, ou je te ferai exécuter sur-le-
champ »**
"І не нервуй, а то я тебе страчу на місці"
Cela n'a pas semblé encourager du tout le témoin
Це, схоже, зовсім не підбадьорило свідка

Il n'arrêtait pas de se déplacer d'un pied sur l'autre

Він постійно перевалювався з однієї ноги на іншу

et il regarda la reine avec inquiétude

І він неспокійно глянув на королеву

et, dans sa confusion, il mordit un gros morceau de sa tasse de thé

І, розгубившись, відкусив великий шматок зі своєї чайної чашки

En réalité, il voulait croquer dans son pain et son beurre

Насправді він хотів відкусити свій хліб з маслом

Juste à ce moment, Alice éprouva une sensation très curieuse

Саме в цей момент Аліса відчула дуже цікаве відчуття

Elle commençait à grossir à nouveau

Вона знову починала збільшуватися

Le misérable chapelier laissa tomber sa tasse de thé

Нещасний капелюшник упустив свою чашку з чаєм

et le pain et le beurre tombèrent à terre

І хліб з маслом упали на землю

et il mit un genou à terre

І він опустився на одне коліно

« Je suis un pauvre homme, Votre Majesté », a-t-il commencé

— Я бідна людина, ваша величносте, — почав він

« Vous êtes un bien mauvais orateur, » dit le roi

— Ти дуже бідний оратор, — сказав король

« Tu peux y aller, » dit le roi

— Можеш іти, — сказав король

et le chapelier quitta précipitamment la cour

І капелюшник квапливо покинув двір

« Appelez le témoin suivant ! » dit le roi

«Покличте наступного свідка!» — сказав король

Le témoin suivant fut le cuisinier de la duchesse

Наступним свідком став кухар герцогині

Elle portait la poivrière à la main

Вона несла в руці коробочку з перцем

et les gens près de la porte se mirent à éternuer tout à coup

І люди біля дверей одразу почали чхати

« Rendez votre témoignage », dit le roi

— Дайте свої свідчення, — сказав король

— Je ne donnerai aucun témoignage, dit le cuisinier

— Я не дам жодних доказів, — сказав кухар

Le roi regarda anxieusement le lapin blanc

Король занепокоєно подивився на білого кролика

Et le lapin blanc parlait d'une voix douce

І білий кролик заговорив тихим голосом

« Votre Majesté doit contre-interroger ce témoin »

"Ваша Величність повинна провести перехресний допит цього свідка"

« Eh bien, s'il le faut, il le faut, » dit le roi

— Ну, якщо треба, то мушу, — сказав король

« De quoi sont faites les tartes ? »

«З чого роблять пироги?»

« Les tartes sont faites de poivre, principalement », a déclaré le cuisinier

— Пироги переважно з перцю, — сказав кухар

Pendant quelques minutes, toute la cour fut dans la confusion

Кілька хвилин весь суд перебував у сум'ятті

Finalement, ils se sont tous calmés

Врешті-решт вони всі знову влаштувалися

Mais à ce moment-là, le cuisinier avait disparu

Але на той час кухар зник

« N'importe ! » dit le roi

— Нічого, — сказав король

« Appel à la barre du prochain témoin »

«Покличте на трибуну наступного свідка»

Alice regarda le lapin blanc qui tâtonnait sur la liste

Аліса спостерігала за білим кроликом, поки він перебирав список

Vous pouvez imaginer sa surprise à ce qu'elle a entendu ensuite

Ви можете уявити її здивування від того, що вона почула далі

à tue-tête de sa petite voix aiguë, il appela le nom « Alice ! »

на весь свій пронизливий голос він гукнув ім'я «Аліса!»

Le témoignage d'Alice
Докази Аліси

« Ici ! » s'écria Alice

- Ось, - вигукнула Аліса

Elle se leva d'un bond en toute hâte

Вона дуже поспішно схопилася

et elle renversa le banc des jurés

І вона перекинулася через ложу присяжних

et elle renversa tous les jurés

І вона перекинула всіх присяжних

et ils tombèrent sur la tête de la foule en bas

І впали вони на голови народу внизу

Alice était dans un grand désarroi

Аліса була дуже збентежена

« Oh ! je vous demande pardon ! » s'écria-t-elle

«О, я прошу вибачення!» — вигукнула вона

« Le procès ne peut pas avoir lieu », dit le roi

— Суд не може продовжуватися, — сказав король

« Les jurés doivent retourner à leur place »

«Присяжні повинні повернутися на свої місця»

Il répéta l'ordre avec beaucoup d'emphase

Він повторив наказ з великим наголосом

et il regarda Alice d'un air sévère

і він суворо подивився на Алісу

« Que savez-vous de ces événements ? » demanda le roi à Alice

«Що ти знаєш про ці події?» — запитав король у Аліси

— Je ne sais rien à ce sujet, dit Alice

— Я нічого не знаю на цю тему, — сказала Аліса

Le roi lut ensuite un extrait de son livre

Потім цар прочитав уривок зі своєї книги

« Règle quarante-deux »

"Правило сорок другий"

« Toutes les personnes de plus d'un kilomètre de haut doivent quitter le tribunal »

«Усі особи, зростом яких більше ніж миля, повинні залишити суд»

« Je ne suis pas à un mille de haut, » dit Alice

— Я не маю ні милі зросту, — сказала Аліса

« Près de deux milles de haut », dit la reine

— Майже дві милі заввишки, — сказала королева

— Eh bien, je refuse d'y aller, dit Alice

– Ну, я відмовляюся йти, – сказала Аліса

Le roi pâlit

Король зблід

et il ferma précipitamment son carnet

І він поспіхом закрив свій записник

« Considérez votre verdict », a-t-il dit au jury

"Розгляньте свій вердикт", - сказав він присяжним

Il parlait d'une voix basse et tremblante

— говорив він низьким, тремтячим голосом

Puis le lapin blanc prit la parole

Тоді заговорив білий кролик

« Il y a encore plus de preuves à venir »

«Ще є більше доказів»

et il se leva d'un bond en toute hâte

І він у великому поспіху схопився

« Ce papier vient d'être retiré »
"Цей папір щойно підібрали"
« On dirait que c'est une lettre écrite par le prisonnier »
«Здається, це лист, написаний в'язнем»
Il déplia le papier tout en parlant
Говорячи, він розгортав папір
« Ce n'est pas une lettre, après tout »
"Це все-таки не лист"
« Ce que c'était, c'était un ensemble de versets »
«Це був набір віршів»
« S'il vous plaît, Votre Majesté », dit le coquin
— Будь ласка, ваша величносте, — сказав книш
« Je n'ai pas écrit ces vers »
"Я не писав цих віршів"
« et ils ne peuvent pas prouver que j'ai écrit quoi que ce
soit »
"і вони не можуть довести, що я щось написав"
« Il n'y a pas de nom signé à la fin »
"В кінці немає підписаного імені"
Le roi parla au fripon
Король заговорив до книша
« Vous avez dû vouloir causer des méfaits »
«Ти, мабуть, хотів спричинити якесь лихо»
« Sinon, tu aurais signé ton nom comme un honnête
homme »
«Інакше ти підписав би своє ім'я, як чесна людина»
Il y eut un claquement général de mains
Почулося загальне плескання в долоні
Et le roi se tourna vers le lapin blanc
І король обернувся до білого кролика
« Lisez les vers », ordonna-t-il
— Прочитай вірші, — наказав він
Il y eut un silence de mort dans la cour
У дворі запала мертва тиша
et le lapin blanc lut les versets
І білий кролик зачитав вірші
Ils m'ont dit que vous étiez allé chez elle

Вони сказали мені, що ви були у неї
Et ils lui parlèrent de moi
І вони згадали про мене перед ним
Elle m'a donné un bon caractère
Вона дала мені хороший характер
Mais elle a dit que je ne savais pas nager
Але вона сказала, що я не вмію плавати
Il leur a fait savoir que je n'étais pas parti
Він надіслав їм звістку, що я не пішов
Nous savons que c'est vrai
Ми знаємо, що це правда
Si elle poussait l'affaire, que deviendriez-vous ?
Якщо вона наполягатиме на цьому, що з вами станеться?
Je lui en ai donné un, ils lui en ont donné deux
Я дав їй одну, а вона дала йому два
Vous nous en avez donné trois ou plus
Ви дали нам три або більше
Ils sont tous revenus de sa part vers vous
Вони всі повернулися від нього до тебе
bien qu'ils aient été les miens avant
Хоча раніше вони були моїми
Si j'avais la chance d'être
Якби я чи вона мали шанс бути
Si j'étais impliqué dans cette affaire
Якби я чи вона були замішані в цій справі
Il compte en vous pour les libérer
Він довіряє вам, що ви звільните їх
Exactement comme nous étions
Точнісінько так, як ми були
Mon idée, c'est que vous aviez été
Моя думка полягала в тому, що ти був
Avant qu'elle n'ait cette crise
Раніше у неї був такий припадок
Un obstacle qui s'est dressé entre
Перешкода, яка виникла між
Lui, et nous-mêmes, et cela
Його, і нас самих, і воно

Ne lui faites pas savoir qu'elle les aimait mieux

Не давайте йому зрозуміти, що він їй подобається більше

Car cela doit être à jamais un secret, caché à tous les autres

Бо це навіки має бути таємницею, яку приховують від усіх інших

Ce secret doit rester un secret entre vous et moi

Ця таємниця повинна залишатися таємницею між тобою і мною

Le roi était très impressionné

Король був дуже вражений

« C'est la preuve la plus importante que nous ayons entendue jusqu'à présent »

«Це найважливіший доказ, який ми чули»

— Je ne crois pas que ces vers aient un atome de sens, objecta Alice

— Я не вірю, що ці вірші несуть у собі атом сенсу, — заперечила Аліса

le roi avait sa propre opinion sur la question

У короля була своя думка з цього приводу

« S'il n'y a pas de sens dans ces mots, cela sauve un monde de problèmes »

«Якщо в цих словах немає сенсу, це рятує світ неприємностей»

« Alors nous n'avons pas besoin d'essayer de trouver le sens »

"Тоді нам не потрібно намагатися знайти сенс"

« Laissons le jury délibérer sur son verdict »

«Нехай присяжні розглянуть свій вердикт»

« Non, non ! » dit la reine

— Ні, ні, — сказала королева

« La condamnation d'abord, le verdict ensuite »

«Спочатку вирок, а потім вирок»

« Des bêtises et des bêtises ! » dit Alice à haute voix

"Дурниці та дурниці!" – голосно сказала Аліса

« Comme il est stupide de condamner l'accusé en premier ! »

— Як же безглуздо спочатку виносити вирок підсудному!

« Tais-toi ! » dit la reine en devenant violette

«Тримай язика за зубами!» — сказала королева, стаючи фіолетовим

« Je ne me tairai pas ! » dit Alice

"Я не буду тримати язика за зубами!" – сказала Аліса

cria la reine à tue-tête

— крикнула королева на весь голос

« Coupez-lui la tête ! »

— Відрубати їй голову!

Personne n'a fait un mouvement

Ніхто не зробив жодного руху

« Qui se soucie de ce que vous dites ? » dit Alice

"Кому яке діло, що ти говориш?" - сказала Аліса

Elle avait atteint sa taille maximale à ce moment-là

До цього часу вона виросла до свого повного розміру

« Tu n'es rien d'autre qu'un jeu de cartes ! »

— Ти не що інше, як колода карт!

À ces mots, toutes les cartes se levèrent dans les airs

При цьому всі карти піднялися в повітря

et toutes les cartes s'abattaient sur elle

І всі карти полетіли на неї
Elle poussa un petit cri
Вона ледь чутно скрикнула
Elle était à moitié effrayée, mais aussi en colère
Вона була наполовину налякана, але й зла
Et elle a essayé de se battre contre les cartes
І вона намагалася відбити карти від себе
puis elle se retrouva allongée sur le talus d'herbe
І тут вона опинилася лежачи на березі трави
Sa tête était sur les genoux de sa sœur
Її голова була на колінах у сестри
Des feuilles mortes s'étaient posées sur son visage
На її обличчя впали якісь мертві листи
et sa sœur balayait doucement les feuilles
А її сестра обережно змахувала листя
« Réveille-toi, ma chère Alice ! » dit sa sœur
«Прокинься, Алісо дорогенька!» — сказала її сестра
« Quel long sommeil tu as eu ! »
— Який у вас був довгий сон!
« Oh, j'ai fait un rêve si curieux ! » dit Alice
- О, мені приснився такий цікавий сон, - сказала Аліса
Et elle raconta à sa sœur tout ce qu'elle pouvait se rappeler
І вона розповіла сестрі все, що могла пам'ятати
toutes les étranges aventures que vous venez de lire
Всі дивні пригоди, про які ви тільки що читали
Alice se leva et s'enfuit en courant
Аліса підвелася і втекла
et elle pensait, tout en courant, à son rêve
І вона думала, поки бігла, про свою мрію
« Quel rêve merveilleux cela avait été ! »
— Який це був чудовий сон!